U0933966

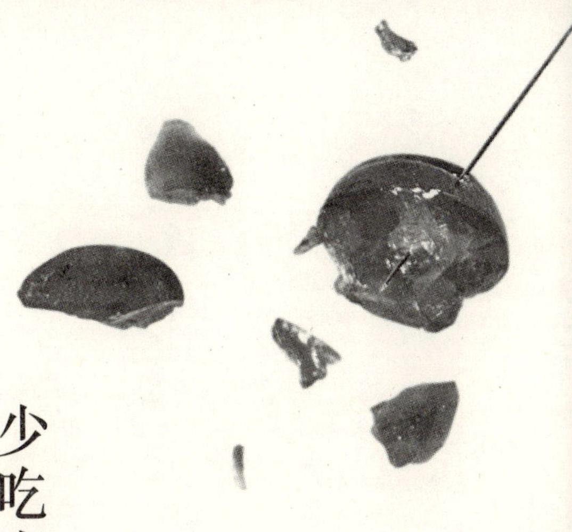

少吃点，毕竟那又不是爱

花大钱

短篇小说集

四川文艺出版社

目录

Forget chocolate,

I'd rather fall in love.

这世上的爱情都是悲剧

—

地理课上

老师说

月亮绕着地球转

地球绕着太阳转

我想

这世上的爱情

果然都是悲剧

就连宇宙

都不能例外

寄居在时间缝隙里的男人

有时候，我们爱一个人的方式并不是抓紧她，而是放过她。

你有没有过这样的瞬间，当你盯着手表看，那一霎间，秒针是停止的，过了好久好久，它才开始正常走动。不管你信不信，那个间隔一定大于一秒。

1

三年前，我搬到了现在住的这个小区。严格讲，这也不能算一个小区，只是一幢六层高的老公寓楼，青灰色、破旧、衰败，开裂外墙上的那片爬山虎倒是给老楼织下了一道与闹市隔绝的结界。平日里整幢楼就腻在一团寂静里，特别是夜里，我很少听见除了楼梯上的零星脚步声之外的响动，这也是我选择住在这里的最主要原因。自从经历了三年前的那场车祸，我变得越来越喜欢在安静的环境里独处。人就是这样，只有在被动荡击中后，才开始迷恋平和到毫无波澜的有序生活。

我住在顶楼，六楼嘛，说高不高，说低不也低。但好在我出门的次数并不多，平时也就窝在家里写写东西，所以也没觉得有多麻烦。我的对门住的好像是一个年轻男人，说来奇怪，明明是邻居，可这三年来，我总共也没见过他几次，而且每次都是在非常匆忙的情况下草草一遇，我对他只有一个很模糊的印象。

去年夏天，我住的这幢楼遭遇了一次大停电。

起初只是有台风登陆，电台新闻还煞有介事地升级了黄色预警。我从小在海边长大，台风这样的东西我是打心底就不屑一顾的，那天晚上我还是照常在家里待着。停电的时候，窗外正有细密又急促的雨点砸在光秃秃的遮雨棚上，我听到狂风摇动早已锈化的铁窗发出“哐哐”声，正打算去重新关一下窗，灯就在这个时候灭了。

灯一灭，我就陷入了一片慌乱中，窗外风声呼呼，窗内的地板仿佛开始下陷，还有那些大雨，好像都要从墙壁渗进来。我的第一反应就是赶紧往门外跑，可楼道也是一片漆黑，我还穿着一双人字拖，慌乱中不小心踩空了一级台阶，脚一崴，就跌倒在了楼道里。

“啊！”

我才刚来得及发出一个短促的音节，就被隔壁“砰”的开门声吓得咽了回去。

在这种情况下，突然有人出现才是更吓人的事。

“啊！”

于是我刚才没有喊完的那个“啊”又以五倍的音量脱嗓而出。

“嗒”，从里面走出来的那个人突然开了手电，一道猝不及防的光射在我的脸上。

“啊！”这下整个楼道都回响着我此起彼伏的尖叫声。

后来，有次韩慕问我：“你还记得我们第一次见面时的情景吗？”我回答他：“啊！啊！啊！”可他只是揉揉我的头说了一句：“那是你第一次见我，却不是我第一次见你。”

“别怕。”拿着手电筒的韩慕边说边下楼梯向我走来，我这才平静了一点，把捂在眼睛上的手拿开。韩慕走到我的身边蹲下，小心翼翼地帮我穿上了人字拖。我当时脑子还是一片空白，就像外面被台风扫荡过的街道，只有一片光秃秃的水。

“辛德瑞拉。”韩慕帮我穿完鞋，抬头的时候突然笑着这么叫了我一声。

虽然后来我曾向他抱怨“在这种情况下你还有心情开玩笑”，但我承认自己当时是被打动了的。这可真有趣啊，我仿佛看到了黑暗中的光，那是从韩慕眼里发出来的如秋天的橘子那样淡黄色、毛茸茸的光。

2

停电事件后，我就天天盼着能再见到韩慕。楼道里一有响动，我就会在第一时间满怀欣喜地打开门，可每次不是上来维修水管的工人就是乱窜的野猫。

我像个青春期的少女，一边是恼人的矜持，一边是悸动的春心，相持不下。好不容易想到一个完美无缺的借口，兴冲冲地去敲他家的门，结果却每次都没人。

“阿越，我好像爱上韩慕了。”我一手托着额头，一手把弄着手里的酒杯。

“就住你家对门那个神出鬼没的幽灵男啊。”阿越边说边把擦干净的酒杯挂到酒架上。

阿越是我在这个城市最好的朋友，她是一个画家，古灵精怪。哦，现在也是时光酒吧的酒保。艺术家嘛，总有着千奇百怪的想法，说是突然想学调酒了，就跑来当了酒保。每次我感到心情郁结的时候，就会来找阿越聊天。

“我说夏迟，你该不会得了什么神经病吧，我看电影里都这么演的。其实韩慕这个人根本就不存在吧？是你自己意淫出来的对不对？”

“我看你才是神经病呢！”我重重地敲了一记阿越的脑门。

“本来就是嘛，那你有本事把他带来给我看看。”阿越委屈地努了努嘴。

可没想到一周之后阿越就见到了韩慕。

那天我刚好来时光酒吧找阿越聊天，结果遇上有人醉酒闹事。阿越上去劝架，我因为担心阿越所以上前拉她，结果不小心被碎玻璃酒瓶扎伤了手。

“夏迟！你还好吧？”

“没事没事。”

就在阿越拉着我的手准备带我离开的时候，韩慕突然出现在了酒吧门口。他像是走了很远的路，周身奔走着一股倦意，神色莫测得像天上的那朵积雨云。

“韩慕！”我对韩慕的突然出现感到十分震惊。

“原来你就是韩慕？”可韩慕完全不顾阿越的打量，径直走到了我的跟前，用不容置喙的语气说道：“跟我去医院。”

在韩慕的坚持下我们还是去了医院，其实我也并无什么大碍，只是一点皮外伤。医生简单包扎后就放我回家了。可我从诊室出来的时候，韩慕又消失了。这次我跟阿越找了好久，始终都没有看到他的身影。

“阿越，他怎么又消失了呢？我本来还想告诉他，自己好像有点喜欢上他了。”我坐在医院走廊的长椅上怔怔地说道。

“放心，他肯定会回来的。”阿越轻轻拍了拍我的肩。

3

距离韩慕的消失又过了好久好久，他都没有出现。在见不到他的这段日子里，我几乎天天都失眠，因为总会胡思乱想他是不是出了什么意外。直到两个月后，有天我要去外地开会，早上九点的飞机。可那天早上我却睡过了头，醒来一看手表，时针和分针正呈现一个狭小的锐角。“糟糕，七点半了！”我匆匆套上衣服，光速洗漱，急急忙忙把行李往箱子里一塞就赶去机场。一路上，我一直不停焦急地看着手表，生怕它会突然走快了一点。

就当我在机场狂奔的时候，身后传来一个声音：“夏迟！夏迟！”

我回头一看，竟然是韩慕。他正对着我，劈开人群，朝我跑来。

“来不及了，我不知道这次见面能持续多久，你的生活太有秩序了，我不知道我们下次见面会在什么时候，真的来不及了。”韩慕抓住我的肩膀，双眼满是急切，根本不给我开口的机会。

“你知道吗？我们每个人所经历的时间都是线性的，我们在里面生活就像滑行在某个轨道上。但是这些轨道是有缝隙的，平常我们并不会对时间的流逝有过分强烈的感觉，可一旦我们在生活中经历了一些意外或是发生了某些状况，就说明我们滑行到了那些时间缝隙中。”

我站在熙熙攘攘的机场听着韩慕给我解释什么叫作时间缝隙，觉得这一切都太荒谬了。如果不是刚好抬头看到我错过的那班飞机正从眼前飞过，我会以为自己正在某部科幻烧脑电影的场景里。

“不管你信不信，我跟你生活在两个不同的平行时空里，但是因为一些意外，我们的时间轴在某个缝隙处重合了。后来我就发现，只要每次你处在时间缝隙，我就会被莫名卷入你的时间轴中。

“这听起来可能有点不好理解，但你仔细想想，自己每次见到我是不是都在特别紧急的情况下？”韩慕的语速越来越快，好像在跟时间赛跑，额头上满是汗珠。

“其实除了上次停电，我们之前还见过好多次，但可能你都不记得了，因为我能在你身边停留时间的长短取决于每次情况的紧急程度。你……”

韩慕说到这里突然停了，他低头苦笑了一声，悻悻地说了句：“我为什么要说这么多呢，你肯定不能理解的。”

4

我已经完全不记得韩慕后来又说了些什么，不记得他是什么时候消失的，也不记得自己是如何回到了家。

回家之后我开始反反复复地回忆，无数次确认，才想起来在停电事件前我与他撞上的那匆匆几面。一次是在要出门开剧本会时不小心把果汁打翻在裙子上，急急忙忙换完衣服，在楼道与他擦肩而过。一次是我听着歌上洗手间，快递敲了好久的门，我匆匆拉上裤子去开门，隐约瞥到了站在门口的他的身影。还有一次……

越回忆我越感到心慌，越回忆我越相信他的话。可平行时空、时间缝隙这些东西真的存在吗？我实在没有办法说服自己，只好打电话给阿越。

“嗯……听上去是有点扯，但也不代表完全不可能。毕竟宇宙这么大，什么事情都有可能发生啊，况且他好像也没有什么理由要骗你……”

阿越一贯都是这么天马行空，好像这个世界上没有她接受不了的事。可我并不是艺术家，我一直都无法给自己一个确凿的理由去相信韩慕说的那些话。直到有一天，我在切菜的时候，脑海中突然闪过一个念头：如果我人为制造一些意外，不就可以最直接快速地验证韩慕的话是不是真的了吗？于是我心一横，用菜刀在手上割出一道伤口，一阵翻箱倒柜之后，发现家里已经没有多余的创可贴了，只得下楼去买。我怀着忐忑的心情打开了门。一开门，果然看到韩慕出现在楼道口。

“手怎么了？”他看到我正捏着左手拇指，便急切地问道。

“没事没事，做菜时不小心切到了。”我根本顾不上还在流血的手指，满心震惊。

韩慕真的没有骗我，这一切太可怕了。然而更可怕的是，我发现自己对韩慕的感情比想象的还要深，当我接受了这个设定之后，心中唯一的念头竟然是“以后我只要人为制造一些状况，就能很快见到他了啊”。这个念头一经产生，我就立马把它压下了，理智告诉我不能这么胡思乱想。

可是见不到他的日子太难熬了，我觉得自己就像一个漂在一望无际海面上的溺水者，漫长的时间像巨大的海一样将我包围，但我能感受到的只有虚无，平静而广阔的虚无。我甚至觉得那些没有韩慕的生活，那些平静而有序的生活全部都可以被快进掉，反正它们都是没有意义的，反正怎样都是虚度。

对我而言，原本是连接平静生活的时间缝隙啊，现在已经成了生活本身。可饮鸩止渴就饮鸩止渴吧，我只想拥抱眼前这火烧眉毛的一秒。

5

可惜，韩慕还是发现了。因为我一次比一次过分，一次比一次更想要他能在我身边多待一会儿。于是我故意把头撞破、把脚砸伤，甚至打开煤气阀门。我承认我过分了，可我有什么办法呢？我越来越爱他，所以我只能越来越过分。

我们之间终于爆发了相识以来最激烈的一次争吵，韩慕朝我发了一场大火。

我们两个就像一把对折的刀片，在一起就意味着互相伤害。我们明明比谁都清楚这一点，却什么都做不了，只能眼睁睁地看着一切向着既定的结局发展。

“为什么会这样啊，如果没有三年前的那场车祸，这一切是不是就不会发生了呢？”韩慕的语气里全是克制不住的颤抖。

“你说什么？车祸？”我又一次陷入了震惊。

“是啊，难道你不觉得奇怪吗，为什么我偏偏被卷入了你的时间轴里，而不是别人的？”韩慕痛苦地闭了闭眼睛，沉默了许久才继续说道，“三年前的那场车祸是我第一次因为时间轴的重叠来到你生活的时空，那次……是我救了你，所以我们之间产生了某种神秘的联系，之后我也会在你每次遭遇时间缝隙的时候被莫名卷入你的时空。”

我失声，原来这一切都是因为我，都是因为那场车祸。

“我求求你不要再伤害自己了夏迟，我也爱你啊，我情愿见不到你也不想看到你再受伤。”韩慕把头窝在我怀里哭得像个小孩。我的耳边全是一阵阵短暂又急促的神经嘶鸣，可脑中只有一个念头：“会有办法的，一定会有办法的，我一定要和韩慕在一起。”

韩慕离开后，我立马去了时光酒吧。

“阿越，一定有办法的对不对？既然时间轴可以在产生缝隙时重叠，那就有可能一直重叠啊。快帮我想想有什么办法能让我和韩慕不用分开。”

阿越思忖了片刻，说："既然这一切都是因为车祸而起，那是不是重演一下车祸就可以了？呸呸呸，我的意思是说，如果再来一次比较重大的意外，说不定能有什么转机。呸呸呸，诶你可别听我瞎说，咱们再好好想想……"

阿越大概也没有想到我会把她的话当真，可说者无意，听者有心。谁让我已经穷途末路了呢？我只能抓住每一根救命稻草，然后闭上眼期待奇迹的出现。

6

当我开着车撞向路边围栏的时候，已经丝毫没有了之前的恐惧，心里竟然还有些期待："快了快了，马上就能永远在一起了。"

"砰"的一声撞击后，时间轴被成功扭曲了，这个巨大的时间缝隙延伸出了无数条命运之径，可谁都没有想到，我和韩慕却落在了那条和我们预计的轨迹岔得最远的命运之径上。

阿越说得对，巨大的动荡果然能颠覆我和韩慕现在的境况。只是我们没有想到重演车祸的结果会是这样，我既没有死于那场车祸，也没能和韩慕如愿走到一起。

这很可笑吧，那场车祸带来的唯一后果是我和韩慕的处境被对换了。这次变成了只要韩慕一发生什么意外，我就会被莫名卷入他的时空。我们就像两枚被命运揣在了不同口袋的硬币，因为意外相遇，又因为意外被换到了对方的口袋，可绕来绕去终究还是不能在一起。

有时候我一直在想，如果当时我没有一时冲动踩下那个油门，如果我没有纵容自己做出这么疯狂的举动，如果我能一早预知到结局，如果我不亲手把主动权交到韩慕的手里，他是不是就不会把我彻底地从他的生活中推出？可惜，所有的假设都是枉然。

我最后一次见到韩慕的时候，也是我最后一次进入他的时空。他正瘫坐在一片黑暗里，看到我的出现，脸上并无太多的惊愕。循着窗外隐约的月光，我看到地上一片狼藉，是炸掉的热水壶和碎裂的杯盘。

"别开灯，夏迟。"韩慕在黑暗中发声，"是我故意把热水壶烧干的。"

我的心里不禁一怔，难道韩慕也跟我之前一样，为了见到我开始人为制造状况了吗？但奇怪的是，我浑然没有见到他的喜悦，心里隐隐生出一阵担忧。

韩慕并没有给我时间多想。"夏迟，这可能是我最后一次见你了。"

黑暗中，我看不太清他的表情，但却能感受到他看我的眼神，很用力地在克制着一些东西。突然，他叹了一口气，一个字一个字地对我说道："夏迟，我再也不想见你了。以后，我要过万无一失的生活，我会远离人群，我会小心翼翼，我会忘了你。夏迟，我再也不想见你了。"

7

“不！”我大哭着从噩梦中惊醒。

距离最后一次见到韩慕又过去了好久，但他在黑暗中对我说话的场景却在我梦魇里挥之不去，他说的一字一句无数次在我梦里回荡，可我却真的再也没能见到他。

我还是住在那个破旧的公寓楼里，至于韩慕，就像一场蒸发在夏夜里的大梦，梦醒之后，记忆抚平，爱恨消散，仿若是根本没有出现过一般。我的生活还是照常继续，看上去油光水滑毫无痕迹，可我自己明白，韩慕于我，就像十五岁那年不小心落下的烫伤斑，即使用余生几十年的时间来抹，都是抹不掉的。

对于韩慕的选择，我想不通也无法原谅。我甚至无数次在梦中质问他：“为什么我可以为了和你在一起连死都不怕，可你却宁愿小心翼翼地过活，也不愿再见我？”

可惜，我一直没有听到答案。

直到许多年后，我在电影院听到一段对白，才在一片黑暗中失声痛哭。

“佐藤君，你为什么要离开森下小姐？”

“因为我太爱她了。”

“有时候，我们爱一个人的方式并不是抓紧她，而是放过她。”

白日依杉尽

我是一个杀手，我杀不了任何人，除了了结自己的生命。

白芨

我是一个情绪的拾荒者，只要我愿意，便可以随时随地走进别人的情绪中。

最早发现自己有这个能力是在十二岁，妈妈领着我走在老家的大路上，路遇了一班送葬的队伍。

农村的送葬有边行进边跪拜的习俗，穿丧服的男男女女手上塞满了稻草和像是竹竿的东西，梆硬的破烂陶瓷面盆是火光明灭的经文，廉价的烛油味呛满了整条路。

妈妈拉着我避让到路边，但明明只是路人的我突然不能自抑地大哭了起来。不是害怕，而是悲伤，我感到很多很多的悲伤淋洒到了我的身上，如同一勺滚烫黏腻的芡汁从头顶浇下。

我不知道这种能轻易跟别人共情的能力是好是坏。但在我年纪还不大的时候，经常只要身边的人情绪稍微激烈一点，就会产生一个力量极大的场域，把我不自觉卷入。还好随着年纪渐长，慢慢少了这种突然失控脱轨的情况，想要在什么时候、什么场合，进入谁的情绪，我几乎都能自己把控。

当然，我也很难描述这样的共情是什么感觉。就像脚麻，说出来或许有些变态，我一直对那种酸涩交织微麻、凉意淌过神经、心脏轻轻收缩后产生的微妙而暧昧的快感，甘之若饴。但要是有个从来没有经历过脚麻的人问我："这是什么感觉呀？"我大概只能告诉他："就是往你脚上装了一个老式电视机，偶尔雪花屏，'刺啦刺啦'有电流流过，但你用力拍拍它，说不定就好了。""啊，原来是这样！"对方一般就会做出恍然大悟状，但我知道，他根本只了解了皮毛。

我想，对于这样一种崭新的感官体验，最接近的描述大概是——你似乎能轻易"看清"别人的欣喜若狂或是心灰意冷。那些情绪如同一团从身体渗出的蒸气，漂浮在他们的周围。有时候是鸦青色的怅惘，有时候是紫酱红的羞赧，或者是藤黄色的雀跃。偶尔还会有嫩粉色的欢愉，里面"扑簌扑簌"燃着几个红点，那是难以抑制的忐忑。

二十岁之前，我一直把这个天赋的能力当成玩乐的工具。

二十岁之后，它成了我谋生的手段。

我的导师曾对我说过："白芨，心理系这么多学生，只有你有一双最锐利的眼睛。"

可锐利的不是我的眼睛，而是我的心。

洞悉人性的第一步便是体察他们的情绪。很多心理咨询案件失败的原因都是咨询者刻意隐瞒或是扭曲了些什么，毕竟人类嘛，就是那种在玩"真心话大冒险"时都不一定会说真话的动物。

可人会说谎，情绪并不会。剥开了很多谎言和伪饰，它们便像纸张一样在我面前摊开。

我得意于这种上帝一般的视角。可我的导师又说："太锐利了，也容易伤到自己。"

林杉

我是一个神经病人，一个画家，当然这是别人说的。

我觉得我是一个杀手，未遂的。

三年前的一场意外让我的大脑受到了不可逆的损伤，两侧颞叶的坏死让我直接失去了产生任何情绪的能力，我甚至回忆不起悲伤和快乐的感觉。

有时候，比如在午睡醒来后的傍晚，比如在空无一人的末班地铁上，会突然觉得自己也曾在一些场合哭泣过。或许是低声啜泣，像打了个停不下来的嗝；或许是哽咽无声，像突然呛到了一口辣椒油。但我又马上觉得，这些大概是我看过的电影里的场景吧。反正我都想不起来了。

听上去似乎也不错，我的余生，就这么轻巧地躲过了所有郁结崩溃的时刻，虽然这一切都是以牺牲所有的快乐为代价的。

可是你知道要在人前掩饰那个疲倦而空洞的自己是一件多艰难的事情吗？可怕的并不是丧失了所有的情绪，而是在丧失了所有情绪后还要不停地假笑、假哭，竭力让自己看起来像个正常人。

我的朋友阿树总觉得我这一病症可能是精神或者心理上的问题，给我推荐了一个叫"白芨"的医生，说很厉害，让我找时间向她咨询一下。

人类其实还挺搞笑的，总爱把不同于自身的状态归类为“疾病”。但我也懒得第 101 次向他解释“我是神经病人，可不是精神病人”，所以每次我都会假装非常认同且感激的样子答应了他，但转身就把他递来的名片扔进了抽屉。

白芨

从毕业到现在，我都没有真正理解导师说的“伤到自己”是什么意思，不过我最近倒是对这份工作感到越来越厌倦了。

那些不快乐的人像一辆辆破败掉漆的拖拉机，开到我诊室门口，向我吐出一吨吨浓黑的尾气。大多数时候我都能自如地从他们的情绪中抽离出来，然后带着一种洞悉了所有的旁观者的冷感，如手术刀般精准地剔除他们心中的痛苦。

但要是碰上一些作假的难过，我会在诊疗后感到巨大的不适，怎么说呢，是一种类似自慰高潮过后的羞耻般的感觉。

人类太热爱他们的难过了，有时候我甚至觉得人是愿意难过的，是存心要难过的。特别是那些失恋的人。

我曾经遇到过好几个痛不欲生的失恋咨询者，可当我走进他们的情绪后，发现里面也不过是一片干巴巴的稀薄。

当然他们并不知道这一切，依旧声泪俱下地讲述自己的故事，仿佛自己真的爱了似的。

说实话，这样的场景让我觉得厌烦，有时看似热切的表达其实更是一种迫切的威胁。“你，过来，必须跟我一起难过！”

真是太荒诞了。不过人类本来就是荒诞的，爱情更荒诞。所以人们往往才会爱爱情里的难过大于爱爱情本身。

虽然我还没有碰上过爱情。但我觉得，它大概是个容器吧，一个透明的容器。里面则灌满了各式各样色彩殷切的情绪。可透明的容器，最大的功用也不过是供外人观赏罢了。

林杉

三年前跟随着所有情绪一起丢失的，还有我的创造力。在我完全感受不到这个世间的四季递嬗、苦痛悲喜之后，我运用色彩的能力也随之消失殆尽了。

阿树说，一个艺术家如果失去了对世界的感知力，就等于是废了。

是啊，色彩是情绪的载体，可惜现在的我已经没有什么可表达的了。

我的封笔之作一直挂在阿树的画廊里，没有卖出去。所有人都说，这根本看不出画的是什么。

既然这样，我决定不再画画。毕竟一个再也画不出什么好作品的画家和一个还没杀过人的杀手，我想还是后者更有意思吧。

有意思，对，这就是我现在想要追求的东西。更确切地讲，是一种存在感。

那场意外过后，我时常困惑自己是为什么活着，甚至，自己是不是真的还活着。

没有喜怒哀乐的生活就是一片空。我总觉得自己的人生已经讲完了最后一句，往后的日子也不过是空荡的回声。

所以我总想做一些事情来绕开虚无，证明自己还存在着。这样的念头，常会袭来，如同不时就会降临的饥饿。

最近，这样的“饥饿感”变得尤为激烈了起来，像心里总是沸腾着的一锅热水。

然而可笑的是，我根本不知道要杀谁，因为我不对任何人怀有恨意。为了寻找存在感而生出的杀意，最可能一不小心就手刃了身边的人。

我不想让这样的情况真的发生，我想自己或许应该听取阿树的意见，找个心理医生聊聊。我翻出了白芨的名片。

白芨

见到林杉之前，我早在阿树的画廊看到过他的画。那是一片广阔的虚无，是太平洋加上北冰洋那么大、那么冷的虚无。

阿树说，林杉的画卖不出去，因为所有人看了之后都没有任何的感觉。但我还挺喜欢的。因为他的画里有种平静的力量，能够清空我每天不小心沾染上的那些病人乱七八糟的情绪，能够消弭我在窥探了别人的隐私后产生的不适感。甚至有段时间我会天天来看，沉溺在这种净化般的快感中无法自拔。

但后来，我就不来了。因为我发现自己越来越依赖林杉的画了。对我而言，它变得不仅仅是一幅画，有时候我甚至会想，能画出这样一幅画的林杉究竟是怎么样的呢，他应该也是一个空无一物的深渊吧，像黑洞，明明什么都没有，却偏偏有着巨大的吸引力。

要知道这种依赖感和好奇心，是很可怕的。我想我不能再来了，我想我应该变得更专业一点，我要靠自己来消化那些情绪的碎片。

但我没想到，林杉竟自己出现了。

林杉

诊疗第二十一天。人家都说二十一天养成一个习惯，前二十一天是被动的行为，二十一天后就会变成惯性。但对我而言，也没有什么不同，活着都是一样的滑行。只不过以前的每天是从见到太阳开始，现在的每天是从见到白芨开始。

她有一副我看不懂的面孔，像是用黄昏中的晚霞揉出来的。面对我的时候，她的脸上会出现一种我依然看不懂的表情，如同隔了一层怎么都擦不干净的毛玻璃。

她说我并不是真的想杀人，只是为了找寻存在感而对自己发出的暗示。我想，她的眼睛可真是锐利啊，她大概真的很专业吧。

可有些时候又忍不住觉得她一点不像个医生，而像一个贪玩的小女孩。她带我去看很吵闹的戏剧，有时是喜剧，有时是悲剧，但我只是觉得很吵闹，满耳充斥着尖锐的笑声或是哭声，我就这么静静坐在人群的中间，像一块拒绝融化的冰。

她说，或许我们可以尝试一下用生理刺激的方法来带动心理的感应。于是，我们去坐过山车、去蹦极，做尽了一切刺激而危险的运动，但她忘了，没有情绪的人是不怕死的，一个不怕死的人是做什么都不会有感觉的。

她安慰我，没关系，不要着急，总会找到办法。她似乎总是很在乎我的感受，但她又忘了，我既不会感到着急，也不会觉得失望。

白芨

假设一些场景，比如在夏天的傍晚，你正穿过一个广场，抬头看到一片扑朔的晚霞，这个时候刚好有风吹来，你赶紧摁住裙子的下摆，可双眼却依旧渴望着那片晚霞。

这样的场景大概可以用来形容我面对林杉时的感觉，甜丝丝的悸动和无暇顾及的不安。嗯，都怪晚霞。

他总说自己想杀人，但我知道他并不是。因为他并没有滋生这种渴望的能力，他太空了，空到什么都没有，所以只能不停地暗示自己是个杀手来寻求一些微薄的存在感。

但我迷恋的正是他的空，他空得那么温厚平静，那么像小时候用的橡皮擦，水泥色的橡皮擦，有好闻的干净又清冷的香味。和他在一起，就像在冬天里晒了好几个小时的太阳。

认识他的前二十一天，我带他去看了很感人的戏剧，做了很刺激的运动，但都没能调动起他的情绪。今天已经是诊疗的第四十二天，从第二十二天开始我就让他重新拿起画笔画画，一幅接着一幅临摹他自己以前的作品，试图让他找回以前的感觉。

虽然至今还没有看到什么效果，但我每天就这么陪在他身边看他画画。有时候甚至会冒出一些奇怪的念头，如果能一直这样平静地待在一起，好像也不是什么坏事。

对于一个心理医生来讲，爱上病人是最不可触犯的大忌。这样的念头一经产生就会马上被我扼杀，毕竟我比谁都更想治好他，毕竟我怀着更大的私心，或许在他有了情绪之后也会爱上我的吧。

可我又害怕，一旦他重获了喜怒哀乐，会不会就不再淡漠平静，不再拥有那份吸引我的力量。会不会变成那些飞机一触地就迫不及待开机打电话、起身往外走的无趣的人类一样。

我的担忧都是多余的。第八十九天，林杉突然消失了。

林杉

第五十七天，在临摹了三十五天自己的画作却依然毫无进展的午后，我从画作前抬头，看到躺在沙发上的白芨已经睡着了。

夏天午后的阳光像一根根绞不断的线，从帘幔中的缝隙里钻进来，照在她那条松松垮垮搭在沙发边的小腿上，她的脸依旧保持着望向我的姿势，带着一抹揣测不明的微笑，脖颈微仰，刚好接住了最好看的一缕光晕。

我就这样看着她，看到太阳都快要落下。我起身给她盖毯子，突然在阳光折射的玻璃窗上看到了自己的脸。我的脸上，居然有了跟白芨一样的微笑。

那一瞬间，有一种陌生又熟悉的感觉席卷了我，是一种酸涩交织微麻、凉意淌过神经、心脏轻轻收缩后产生的微妙而暧昧的感觉，就像脚麻。欣喜雀跃，又带着几丝来路不明的紧张和不安。

但我没有告诉白芨，依然当作什么事都没有发生的样子继续每天的生活。我不知道这是为什么，或许是害怕以后再也见不到她了吧。如果能一直这样平静地待在一起，好像也不是什么坏事。

然而，上天并没有给我这样的机会，在我情绪渐渐回归的同时，我的痛感也随之苏醒。从第五十七天开始，我就隐隐觉得自己的脑袋越来越疼。白天在白芨面前强作镇定，靠一片片的止疼药来维持表面的若无其事。晚上回到家就觉得自己的脑袋仿佛是在被蚕食。

第八十九天，我快被痛感淹没了。我没去找白芨，而是去找了我的脑科医生。

白芨

林杉消失后，我才意识到，原来我才是那个被他治愈的人。以前的我，总是在为每个人的悲伤作证，为每个人的快乐注解。可自己呢，却从未真正拥有过什么淋漓的情绪。

但他的出现，让我体验到了什么叫作真正的油然而生的喜怒哀乐。跟那些我以前张望到的、窥探到的属于别人的情绪都不一样。

原来，人们感到悲伤或快乐的原因都是相似的，但每个人的悲伤快乐却各有不同。

原来，是林杉治愈了我，但他却这样消失了。没有人知道他去了哪里，我再也没有听到过他的消息。

直到半年后，阿树的画廊又办了一场林杉画展。阿树说半年前，林杉就把这些画寄给了他，并且委托他半年后再举办这个画展。

林杉

最后我还是成了一个杀手。

只不过杀死的是我自己。

脑科医生告诉我，我那部分受损的大脑已经开始不可逆地坏死。唯一保命的方法，就是手术切除它。

但这样一来，我所有能产生情绪的神经也会随之被切除。我又会变回那个没有任何情绪的人，并且不可能再产生任何情绪。

可如果不手术，我最多只能再活半年。

我最终选择了后者。这样，起码还有半年的时间，可以体会到人世间最可贵的喜怒哀乐，和爱。

我是一个杀手，我杀不了任何人，除了了结自己的生命。

白芨

当我站在这场轰动全城的画展前，震惊得不能自已。

这里总共有三十三幅画，标注的时间刚好是从我为林杉诊疗的第五十七天到他离开的第八十九天。画里的每张都是我，站在窗前的我、坐在地上的我……各种各样的我。

摆在最中间的那幅，也是最有名的一幅。是躺在沙发上睡着的我。夏天午后的阳光像一根根剪不断的线，从帘幔中的缝隙里钻进来，照在我松松垮垮搭在沙发边的小腿上，我的脸上还有一抹揣测不明的微笑。

所有人在看完这幅画后都说感受到了一种无法言说的情绪。

但只有我知道，那是午夜风暴，是告别，是回忆，是命运降临，是无法幸免的爱情。

人生碎片修补师

我爱着他，他爱着他的妻子，我们就是这样，演出着与世人相似的悲剧。

很多人都不知道，人死的瞬间，因为受到强烈的冲击，“生命”会被击碎成无数零落的片段。它们无序而杂乱，带着不规整的锐利边缘，停滞定格在人死前的那瞬间，如同飘散在空气中的灰尘。

1

最近我渐渐发现，自己总在工作的时候念头太多。比如眼前这双三岁小男孩的眼睛，我已经盯着看了好久。它们平静、通透、遥远，甚至在小男孩生命的最后一刻，当时他悬在几万米的高空，遭遇一场如同梦游般的事故，那双眼睛依然干净如初。

又比如，在这场飞机事故里丧生的另外276条生命里，有个当了一辈子修女的女人，在死前的最后一刻，她没有向上帝祷告，反而是唱了一句我并不能够听懂意思的咏叹调。我看到她的童年纯净透明，中年如橄榄般深沉，老年则褪成浅浅的驼灰色。我把它们拼接成了一段完整的“人生”，却依旧无从寻找那句咏叹调的意思。

277条生命，补了多久了呢，我也记不太清了。毕竟在我生活的空间里，根本没有“时间”的概念。这里没有过去，也没有未来，只有当下，只有此时此刻。因为我只活在死者生命逝去的那一瞬间。

我的老师，一个总爱捧着杯泥煤味很重的威士忌的糟老头，曾认真严肃地纠正我：“这里不叫瞬间，叫‘渺漠’。在时间单位上，有分、厘、毫、丝、忽、微、纤、沙、尘、埃、渺、漠……之分。”

但每次我都不等他说完，直接从他手上抢过那杯威士忌：“少喝点啦老头。”

他总是眯着眼朝我笑笑：“就一口，一口，好东西嘛。”

我和老师都是渺漠里的人生碎片修补师，像我们这样的“往生从业者”，在渺漠里还有很多。我们用自己的双手收集那些因为受到“死亡”冲击而碎裂的生命碎片，把它们修补成完整的一生。至此，逝者的生命才算真正结束，他们才能顺利往生。

在我的眼里，生命从来都不是连续的，它们不过是一帧一帧的电影分镜，是零散的小说段落，是流动的画面场景。但有时候，那些片段特有的气息却会让我分心，让我困惑，让我想要探寻它们背后的意义。

这样细腻易感的心思可不是什么好事，还是老头说得对。“干我们这行的，就是个旁观者，千万不要有太多情绪，情绪让人分心。这一分心，活儿怎么可能干得好嘛！”他边说边看我，透过那副已经快滑到鼻尖的老花眼镜，手里倒是仍不忘晃晃他的酒杯。

老头每次都这样，好话说不准，坏话倒是一个比一个灵验。果然，我在修补第 113 条生命的时候犯了一个很严重的错误。也不知道那时我的脑中是依旧在想那个三岁小孩的眼睛，还是仍然在思索那句咏叹调的意义。总之，我把第 113 条那个男人生命中的最后两个片段补反了。

2

“1 月 7 日从波城飞基律纳，1 月 13 日从基律纳飞回波城。”

“这两个航班怎么能给弄反了呢？”

“出事的可是从基律纳回波城的那个 SK2785 号航班，你这样一搞，他的整个生命线不就都乱了吗？”

工作间的光线黯淡，像午夜疾行的出租车，只有街旁路灯的光扫进车窗。老头坐在我对面那把红棕色的金丝绒布沙发椅上，一边训斥我一边哀叹着说要想办法。悬置在我们俩中间的是那个男人的生命碎片。正常情况下，当一个人的生命被修补完善，生命历程的首和尾便会相衔成一个流动的圆环。这样，才能算是善终。但现在，这个男人的生命碎片却成了一段被定格的进行时态，悬在渺漠里停滞不前，如同卡在传送带上的行李一般。

“怎么办呢丫头？”

老头又要开始说教了，这次我瓮着声抢先打断了他：“反正，反正我会把这件事情处理好的。”我的声音轻得连自己都听不太真切，毕竟闯了祸，哪怕平常再嚣张再没规矩，这个时候也该蔫了。

老师没有接话，大概完全没把我的话当回事。

“唉！老头，”突然之间，我脑海中闪过一个念头，“你说，是不是只要能让他坐上 13 日 SK2785 号航班，一切就都解决了？！这样的话，岂不是拖住他，让他在基律纳多待六天就行了？”

“话虽说得没错，但你可千万别想着人为强行去扭转啊。命运的走向都是不可控的，要是越搅越乱了怎么办？”

“祁叹，32 岁，《国家地理》杂志摄影师，2017 年 1 月 7 号，瑞典基律纳机场……”我这样的急性子，怎么可能听完老头说的话。趁他不注意，我就已经进入到祁叹的生命碎片中了。

准确地说，我去往的并不是他真正的生命，而是他死前瞬间脑海中的闪回，那由渺漠时光承载的长达一生的记忆。只要他死前所回忆的一生是顺畅完满的，我的任务便算是完成了。

3

在我没来过机场之前，我一直以为它是一个巨大的鸟巢，因为我曾在无数人的生命碎片中见过形形色色的机场，飞机像一只只大鸟一样降落在它的怀抱，迎来送往之间，机场也悄悄为很多人生命中最重要的剧情拉开了幕布。

当然，他们是不知道的，他们怎么会知道。

可我也并不知道，自己遇上的第一个麻烦居然不是“如何说服一个 32 岁的成年男性放弃原定的航班跟一个陌生人走”，而是“时间的流逝”。

当我亲自站在机场，心中的恐惧和慌张已经完全掩盖了兴奋和好奇。这里太大了，太挤了，太快了。巨型屏幕上飞速闪过的航班信息，无处不在、跳动变换的电子时钟，拉着行李箱神色凝重步履飞快的行人，周遭的一切都消融在流逝的时间里。这里跟渺漠太不一样了，这里的时间不是静止的，我能感觉到它的消失，能感觉到握不住它。这种陌生的感觉让我觉得窒息，就像是被人拽着衣领使劲儿往后拉。我的后背正在冒出细密的冷汗，这尚且还可忍受，但无法忍受的是双眼的视线已经开始越来越模糊了。

"该死，我得赶紧找到祁叹，找到他，留住他，祁叹，祁叹，到底在哪里……"

可机场大厅这么多人，大家都在奔忙，奔向生，奔往死，只有我站在他们中间，像一块横亘在湍急溪流里的顽石。

那瞬间我真的祈祷自己能像偶像剧女主角一样，一转身，想见的人就在身后。但可惜，我转了好几圈，连他的影子都没看到，而且因为对环境的不适，我渐渐感到自己的体力开始不支。

没办法，最后我还是选择了一个最笨、最原始的方式——广播寻人。

这招虽然没什么创意，但还是挺管用的。只不过，因为另外一个航班延误的缘故，问询台挤满了各种各样的人，他们不耐烦地互相推搡，飞速地说话，他们焦虑又迫切的情绪就像一记记闷锤一样砸在我身上。所以当我终于看到祁叹从人群中走来的时候，觉得自己已经像一张被拉满的弓，快到了弦被拉断的临界点。

祁叹走到了我的面前。"是，"他对我吐出了第一个字，但又立马疑惑地顿了顿，俯身放下了箱子，顺手抬腕看了眼手表，边紧了紧围巾边继续说道，"是你找我吗？"

“祁叹”，当我终于可以近距离地看着这张脸的时候，脑子里辛苦准备的100套说辞竟然全部忘光了。更可怕的是，因为全身过度紧张，我的双腿变得无比酸涩，额头上的冷汗根本止不住，双眼也已经开始像老式摄像机的镜头，不管我怎么调整对焦，祁叹的脸都越来越模糊。

我失去知觉前的最后一刻，脑海中只有一个念头：“完了，还没开始就已经失败了，这下又被老头的乌鸦嘴给说中了。”

4

失去知觉的那段时间里，我做了一个很长很长的梦。梦中是一片金黄瓷实的沙滩，像小母驹的皮毛一样发着水亮的光泽，沙滩远处是一个模糊的人影，时而走近，时而走远，但看不真切，或许根本不是个人影，只是阳光反射拟出来的蜃楼。这个梦做得太久太久，等到醒来的时候，我竟瞬间想不起来自己正置身何处。

“你醒了？”

倒是祁叹的声音把我一下钩回了现实。

“你没走？！”我不可置信地看着他。

“问遍了整个机场都没找到认识你的人，你又这副样子，让我怎么走？”

“谢天谢地。”我心里窃喜，本以为这次要失败了，没想到反而是不中用的身体帮了大忙。

可惜祁叹并没有让我得意太久。“所以你到底是谁？”他向后靠到沙发上，用手拢住火机，点了根烟，“你找我，到底有什么事？”

我飞快地在脑海中搜寻之前想好的托词，迅速组织语言，竭力让自己的语气听起来平顺自然：“你不是《国家地理》的摄影师吗？我、我平常很喜欢看摄影杂志，经常在杂志上看到你的名字。

“我看到你在网站上更新的照片了，发现我们俩居然都在基律纳。你说，是不是很巧？哈哈。”我不自觉地干笑了两声，抬头偷瞄了一眼祁叹，他正躲在一片烟雾中眯着眼看我，我立马把视线躲开，清了清嗓子继续说道，“我听说 1 月 10 日基律纳有极光大爆发，是近几年来最大的一次极光爆发。

“反正、反正你也没走成……”

“所以，你到底叫什么名字？”一直都没有接话的祁叹突然间打断了我。

“啊？”一时间没有反应过来的我呛出了一个音节。

我叫什么？

我叫什么呢？老头好像从来都没有叫过我的名字，他每次都叫我丫头，我没有名字。

我到底叫什么呢？我茫然地望向祁叹，试图给自己编个合适的名字，抬头间，刚巧看到他身后的窗户外，有飞机隆隆从头顶飞过。

“Mercury，我叫 Mercury。”当我脱口而出的时候，自己都感到惊讶。Mercury 是那位修女死前唱的那句咏叹调里的一个词语，我甚至都不知道它的意思。

“Mercury？水星？”祁叹的脸上突然出现了一抹不自觉的微笑，玩味地看着我。

“是啊，”我佯装出一副很不以为意的样子，“这有什么奇怪的啊，不过是一个名字而已。

“所以，你到底要不要跟我去拍极光？”

5

基律纳是位于北极圈以北 200 公里的城市，有很多人绕过大半个地球特意跑来这里看极光。北极光是可遇不可求的神迹，越往北能看到的景致也就越好。

我跟祁叹决定继续往北走一段路。但因为语言不通，又不熟悉地理，我们决定先报个旅行团，然后再独自向北行进一段路程。

坐在旅行团的大巴上时，我还是对自己身处的境况感到难以置信。祁叹居然就这样答应跟我走了，一个莫名出现的我，一个身份不明、名字奇怪的我，一个漏洞百出的我。而且他看起来表情淡然，情绪平静，反倒是我，慌乱得像个第一次背着妈妈做坏事的孩子。

“祁叹，你是很喜欢极光吗？”我像掷羽毛球般，轻轻地抛出了这个问题。但实际上，我已经在心里揣摩了许久，好不容易才找到这个看起来不怎么刻意的问题，想要试探出他跟我走的真正原因。

“嗯，”他压低了声音，像是怕打扰到车上其他休息的乘客，“第一次看到极光是在初中的地理书上，记得书上是这样描述极光的——因为太阳风进入地球磁场而产生的美丽光辉。

“我小时候成绩不好，上课也不怎么愿意听。但不知道为什么，那句话我一直清晰地记到了现在。

“如果你经常在杂志上看到我拍的照片，那应该知道我拍的大多数作品都是天文景观。宇宙里有太多美丽的造物了，太多无法描述的奇迹。你知道吗，月亮，离我们不远的月亮，每年都要发生快1000次的月震，moonquakes，是不是很浪漫？只可惜很多人都不知道。

“想来自己最早选择当摄影师大概就是为了记录这些被忽视的奇迹吧。”

祁叹说这些话的时候，我正扭头看着窗外的米尔克河谷，满地的白雪和巨大的荒野，偶有黑色的飞鸟掠过，像把剪子剪开了这块白色的缎布。但很快，雪地又恢复原貌，像是褪去波纹的平静水面。

“奇迹”，我在心底暗暗默念了一遍这个词语。

傍晚，大巴在一座教堂旁稍作停靠。祁叹下车去抽烟，我觉得无聊便也跟了下去。

野外的风确实有些刻薄，像带着冰渣子一般从衣服的每个缝隙里钻进身体。我拢缩着肩肘，牙齿在风中直打战。“你这个人，也太爱抽烟了吧。”

“哈哈哈哈……”祁叹突然在风中大笑了起来，丝毫不顾有冷风趁机呛入喉。

“你说这话时的神态语气简直跟我妻子一模一样。”

“妻子?”这次换我蒙了，在修补祁叹的生命碎片时我虽然有点心不在焉，但有没有妻子这种事我还是记得的啊，印象里他没有结婚，就连女朋友都没有，怎么凭空突然多了一个妻子。

“你有妻子?!”

“对啊，哈哈，这很奇怪吗，毕竟我都已经三十多岁了。”

“你的妻子是谁?不对，我是说你怎么就已经结婚了呢?”

“我的妻子是谁?”这次换祁叹惊讶了，不过不管是谁，估计都会对我这样突如其来的反应感到奇怪吧。

“Mercury，你真是个奇怪的人啊。

“她叫阿子，我们还有个女儿，叫半半。”

“阿子?”我飞速在脑海中搜寻有关祁叹妻子的记忆，可是毫无所获。当下我的心底一沉:“完了，我搞错人了。”

但是也不对啊，他的长相年龄职业，除了妻女之外的一切都对得上。祁叹在骗我吗?可他并没有这么做的理由啊。

那是我又搞错了什么吗?

或许，是我又搞错了吧，自从在机场晕倒之后，就一直觉得自己的精神状态不是很好。

我得赶快结束这件事，赶紧回到渺漠里。

6

祁叹告诉我，他在十年前就认识了现在的妻子，她是他这辈子最爱的女人。女儿的名字也是阿子取的，因为她说，活着的生命不过是一半，而站在生命尽头的死亡，是让生命变得完整的另外一半，一半加上一半，才能算完满。

祁叹告诉我这些的时候，脸上洋溢着一种不可名状的幸福神色。这样的神色对我来说有点遥远，就像遥远的月震一样。月亮在远方轻微颤动，我羡慕它的这份浪漫，同时却也为自己的无力触碰而黯然神伤。

怀着这样的情绪，接下来的路上，我忍不住故意对祁叹冷淡起来。我也不知道自己为什么会这样，像负气般，心里只有一个念头：赶紧完成任务，赶紧走吧，我可不想再跟他有什么瓜葛。

1月10日那天，我们到达了营地，但同时，天下起了雪。而极光，只有在晴天的夜里才看得到。

“一起出去走走吧？”祁叹出现在我房间门口的时候，身上已经穿上了我们在基律纳一起买的同款带帽冲锋衣，那衣服臃肿又暖和，只是有点丑，确切来说，是“幼稚”。三十几岁的男人，穿着一件像童装一样的衣服，那场景着实有点好笑。

“哦，等我回去换件衣服。”看到他这副样子，我心里的气顿时有点消了。莫名其妙生气，又莫名其妙开心，来了这里之后，我越发觉得自己不仅记忆发生了错乱，就连情绪都变得难以掌控。这真是太奇怪了。

等我换完衣服从房间出来，发现祁叹正踮着脚站在大厅的走廊里。走近一看，原来走廊的房顶有一个暖气片，是方方正正、小小的一个，里面有那种特别烫的发热金属片。祁叹的手里拿着一根烟，正费力地想要借助暖气片的温度点烟。

“怎么，你没带火机啊？”

“带了啊，我只是想试试用暖气片能不能把它点着。”祁叹边说边把燃着火光的烟往我眼前一晃，露出一个特别灿烂的笑容，像是在向我讨要一个赞赏。

说实话，我在渺漠里修补生命碎片时，见过很多很多琐碎的瞬间，像是几句低沉的呓语，几个潦草的眼神，几滴凝固的泪水。但是这一瞬间的感觉，跟它们都不一样。

祁叹是特别的。

这太可怕了，当我意识到这一点的时候，脑海中又响起了老头的话：“你总爱在工作的时候分心，这样不好啊，丫头。”

“我不去了。”

“啊？”

“我说我不去了，我觉得不太舒服，你自己去吧。”不知道为什么，面对祁叹的时候，我总能感到一种巨大的无力感。我不敢再多看他一眼，转身径直走回了房间，全然不顾身后的他是什么表情。

我觉得自己不能再待下去了，我想要赶紧离开，离开祁叹。

可是，我越是这么想，事情就越不往我想要的方向发展。

7

按照我原先的计划，我们要在12号之前拍完极光，然后让祁叹搭上13号的SK2785号航班离开，也就是那次会失事的航班。

可惜10号、11号连下了两天大雪，完全没有天气预报里说的极光大爆发。到12号的时候，天依旧阴沉沉的，只是雪小了一些。但我已经等不及了，我和祁叹提议脱离团队，再往北走一段距离，那里有一座小雪山，视野开阔，运气好的话说不定能遇上极光。

因为没有交通工具的缘故，我们俩背着各种仪器在雪地里徒步了很久才到达雪山脚下。好在那座雪山只是一个低矮的山丘，看起来并不需要爬太久，山顶的平地也非常开阔。

可当我们真正开始爬雪山的时候，还是碰到了新的问题，我的脚趾结冰了。之前长时间的雪地徒步让我出了很多脚汗，因为脚上穿的是防水靴，水蒸气根本透不出去。所以当我们开始爬雪山，步速变缓，脚部生热减少，里面的水气也就一下结成了冰。

“祁叹，我们能走慢点吗？我的脚趾……结冰了……”

走在前面的祁叹回头看了看我，山坡上的风已经把我们的帽子都吹掉了，他在风雪中眯着眼，神态看不真切。

还没等我反应过来，他已经把手上的三脚架卸下了，俯下身子对我说：“上来吧。”

“啊，那三脚架呢？”

“不要了，一会儿上山找个木桩固定。”

山丘低矮，上山花的时间并不长，但我却感觉我们走了很久很久。我趴在祁叹身上，胸口有他传过来的暖烘烘的热气，这种感觉就像洗澡时调节水温的旋钮，要耐心地转动，不停地调节。终于在那一刻，一切都对了，温度恰好的水从头顶的花洒喷射下来，我觉得自己被一种很温暖的情绪浇灌了满身。

我甚至觉得，看不到极光也无所谓了，一切都无所谓了。

然而，奇迹之所以称之为奇迹，是因为它只发生在你对它没有寄予期盼之时。

或许是上天听到了我的心声，当我们爬到半山腰的时候，雪突然停了。等我们登上山顶，正巧碰上了第一道极光。

那是一道连接地平线两端的光带，如同一只巨兽的尾迹。绿光的边缘像轻纱幔帐一样摆动，透过光便可以看到碎钻一样的繁星。广袤的雪地反射着天光，整个世界都亮得很不真切。一瞬间我又想起了渺漠，在那个无人知晓的时光罅隙里，那些逝者的一生，如同高速行驶的列车外的景致，如同光滑湖面上一划而过的鸟的羽翼，也是带着这样耀眼的光芒，重新闪回了一遍，然后才归于虚无。

那个比瞬间还要短暂的瞬间，比刹那还要易逝的刹那，却也是这样接纳了祁叹的一生，漫长到接近永恒的一生。

我偏过头来悄悄看祁叹，他正专注地望着天边的北极光，全然没有发觉我看他的眼神。

“祁叹，你还不拍照吗？”我边说边凝视着他，试图把北极光所映照的这张侧脸深深铭记在脑海里。

祁叹没有回答我，反倒问了我一个问题：“你知道人为什么要拍照吗？”

“为了记录吧，为了不让自己忘记。”

“不是的，”祁叹突然转过头来看我，双眼比极光还闪亮，“拍照是为了让自己放心地去忘记。

“但是，我不想忘了现在。”

也许是太阳风进入地球磁场使我的心跳加快，也许是月亮发生微震让我的呼吸困难，那一瞬间，我看着祁叹的眼睛，心里只有一个念头。

“人们为什么都要放下眼前的一切去追逐永恒呢？我只想要现在啊，我只想要此时此刻。”

只可惜，“此时此刻”和祁叹，对我而言，都是留不住的东西。

他们之所以珍贵，是因为面对他们，我无能为力。祁叹终究会离开，此时此刻终究会过去，就像哪怕再灿烂的北极光，也终归会消散。

又或许，祁叹比“此时此刻”更珍贵吧。起码我还拥有过“此时此刻”，却从来没有拥有过祁叹。我爱着他，他爱着他的妻子，我们就是这样，演出着与世人相似的悲剧。

8

最后，祁叹还是上了 SK2785 号航班。

SK2785 号航班起飞的时候，我也回到了渺漠里。我终究还是不能跟自己的遗憾与不甘心妥协，我得赶紧去找老头，告诉他我心里萌生的这个念头。

“老头，我想再进他的生命碎片里看一眼，我想去看看十年前的他，看看还没遇上他妻子的祁叹是什么样的，我还想和他说句再见。”

老头显然是被我吓到了。“绝对不可以！”我从来没在老头脸上见过如此严肃凝重的表情，“他的生命碎片已经修补完了，接下来就要往生了，如果你不能及时出来，就很有可能跟他一起湮灭你知道吗？

“而且，你如果去见十年前的他，十年后他就会在机场认出你来，所有的记忆线就又要被搅乱了。”

我知道老头肯定会反对，但他大概并不知道这次我的心意有多坚定。“不会的，绝对不会的，我只是想看看还没有爱上别人的祁叹是什么样的，看完我就回来。而且我会换一个样子出现，不会让他发现我跟十年后遇到的 Mercury 是一个人，我不会扰乱他的记忆线的，你放心。”

老头看着我，无力地叹了一口气：“丫头，你知道吗，每个渺漠里的生命碎片修补师都有一个毕生的追求，那就是‘秭’，数亿至万曰秭，秭是无穷尽，是永恒，是‘渺漠’的反面。”

或许是我看错了，老头看着我的眼睛竟然有了一点湿润：“你又何必这么执着呢，你进的并不是他真正的生命啊，只是他临死前记忆的闪回而已。你已经做得很好了丫头，你把自己当作那根串起他生命碎片的线，让他的生命变得圆融。既然这样，你们的缘分也该结束了。”

没错，老师说的是没错，但他也忘了，人都会死的，一切都会结束的。到头来都是一场虚无，是不是真正的生命，又有什么差别呢？甚至很多时候，我都觉得，人的生命其实是场预演，是场彩排，在渺漠里的闪回，那才是每个人真正的生命。

我想起刚爬到雪山顶的时候，祁叹笑着对我说：“我给你下场大雪吧。”然后就把我装满雪花的帽子猛地扣到了头顶。

我想起看完极光回到营地的那天晚上，我们缩在一起吃一桶泡得软烂的面。那面太好吃了，我们忍不住发出“簌啦簌啦”吸面的声音。突然之间，我抬头看了看祁叹，我眼前的这个男人明天就要走了，一切就要结束了。

我忍不住问他：“祁叹，你有没有一点点喜欢过……”

“别说话，吃面。”他猛地打断了我。

他知道我想问什么吧，他肯定是知道的吧。

“对不起了老头，这次我又要不听话了，这次我无论如何，一定要去。”

9

二十二岁的祁叹，是还没开始背着相机去世界各地拍照的祁叹。他住在一个海边城市，那里有一片金黄瓷实的沙滩，像小母驹的皮毛一样发着水亮的光泽。

当我坐在海边，看到祁叹远远地朝我走来，由一个模糊的人影渐渐变得真切。我突然想到了自己在昏迷时做过那个梦，那个如同神谕般的梦。只不过这次，那个影子并不是阳光反射拟出来的蜃楼，而是二十二岁的祁叹，是一个真实的祁叹。

他远远地朝我走来，像是要把一生都交给我的样子。他走到我的面前，慢慢脱下了鞋，把脚松垮垮地搭在沙子上。

二十二岁的祁叹，正坐在我的身边，用一双还没有任何故事发生过的眼睛看着我，他轻轻地问了我一个问题。

“你叫什么名字？”

时光又开始流动了，我能感觉所有的潮水正在远去，所有的空气都在上升，万物正消融在行走的时间里。我的脑海里突然响起了老师说的那句话：“秭，数亿至万曰秭。”

“秭，阿秭。”当我脱口而出的那刻，我才终于意识到，阿秭，原来一直是阿秭，不是阿子。原来是我，原来从始至终都是我。

我看着眼前的祁叹，看着他一览无余的生命。我想，我已经知道了自己的选择。

人这一生，局促短暂，如同一瞬间的“渺漠”。而我们，只有靠着爱，才能抵达这无尽的永恒。

男孩在 0 号线

有些人生来就是要让你忘记世俗的精明的。因为很多时候，我们遭遇爱情，就如同遭遇命运。

1

我站在凌晨四点四十五分的地铁上，车厢拥堵。有多拥堵呢？我觉得自己是一根地瓜条，旁边的人是糖浆，我们腻成一盘拔丝地瓜，难以分割。

我搭的地铁叫0号线，只在凌晨一点到五点运行，这是一班没有起点和终点的地铁，也没有任何中间站点。所有人一起上车，乘着地铁在这座城市的地底绕着首尾相衔的环线，然后到点一起下车。0号线没有任何消音的设施，开起来隆隆响，嚣张得像一辆虎虎生威的拖拉机。但我们都不觉得吵，相反，这是在午夜消除困顿的最好环境，是的，我们都非常困，但还是得强撑着不让上下眼皮打啵儿。

我生活在一座叫“不寐”的城市，市民都罹患一种绝症，叫作“睡眠时相延迟综合征”，主要症状就是困死也不睡，一个个决绝得如同革命烈士。你看，那边那个大叔，眼球已经满布血丝，好像地铁每刹一次车，就会有几个红色的闪电撞进他的眼球里。

在这样一个不需要睡眠的世界里，那些没有被消耗的“梦”就被保留了下来。梦无疑是珍贵的，它是我们这个世界衡量贫富、划分阶层的标准。产梦较少的贫农阶级，只能靠刷梦境卡搭乘0号线来消磨这漫漫长夜，像我。至于产梦大户呢，他们是重度抑郁的艺术家，喜欢迎风流泪，不吃白米饭，内心有伤。上层阶级梦境卡储蓄富足，并且大多会购买一种可让他们免受困意折磨的高科技产品——手机。夜里，他们可以刷完friends quan刷small bo，若天色尚早，那就再看会儿bean ban。虽然每月消耗的流量跟黑眼圈一样多，但他们的生活依然让人艳羡。你看，我攒了二十几年，还是没能买到一台梦寐以求的手机，只好天天挤0号线，做一根“天黑不闭眼”的地瓜条。

在我们这里，梦除了能被存在梦境卡里，还有各种各样别的形态，有瓶装的气味梦，有刻成光盘的影像梦，有可以收听的韵律梦，还有可以咀嚼的口味梦。它们有些被摆在便利店里售卖，有些被挂在美术馆里展览。梦境可以交换，可以流通，也可以买来消耗。我曾经在淘宝上购买过一瓶叫作“思聪”的气味梦，一股崭新的人民币味儿，香味浓郁十分诱人，我把它喷满了整个房间，还代替香水用了好久，觉得自己像个富丽堂皇的小老婆。

2

梦的产量跟母体的情感输出是成正比的，可我，恰恰是一个对什么事都提不起兴趣的人。就像我妈说的，我这人做事太过畏缩，走个路都小心得生怕会踩到谁，恐怕将来是难有什么大出息的，所以特意给我改了个名字叫“花大钱”，希望能人如其名，狂放酷炫。可我一直都挺淡泊的，只想当个小市民，守着自己的一亩三分地，每天挤挤0号线。

所以此时此刻，我正站在凌晨四点四十五分的地铁上，打发漫漫长夜。

十五分钟后，我下了0号线，被人群推搡着艰难地往地铁口移动。突然，我隐约听到有人在喊我的名字：“大钱，大钱！”一回头，五十米开外正有人劈开人群向我这个方向挤来，像是一股湍急的水流冲开了凝固的人海。

0号线男孩第一次站在我面前的时候，背后是那些每天被0号线地铁像放映机吐出光盘一样吐出的颓丧萎蔫的人群。已经是很冷的天气了，0号线男孩还是穿着很薄的暗色外套，像是从古董店的角落捡来的，背着一只棕皮双扣的大包，瘦，头发却是黑蓬蓬的，很茂盛，眉间稍有倦怠，但眼睛很清明，额头有一串光斑跳跃。他像是走了很久的样子，刚从热带走来。

我想开口问他是谁，但完全忘了，只觉得脚下的地在下陷。

0号线男孩从兜里掏出一张卡，用手轻轻掸了掸，递了给我。

“喏，你的梦境卡掉了。”

他说完，挑眉笑了笑，牙齿白得直晃眼。

3

我遇见了一个神秘的男孩，我不知道他的家乡，他的年龄，甚至他的名字。他是一个没有身份的人，一个没被打开过的人。

第一次去 0 号线男孩家是在我们一起走过 72 条大街，彼此心照不宣地对视 367 眼，体内细胞分裂了 5273 万次，而 0 号线地铁又哐当哐当地开了 171 圈之后。他住在 7 楼拐角，有一台很大的冰箱和一台很旧的洗衣机，开门的时候，一只巨大的缅因猫悄悄窜出来，爬上那台旧冰箱，威风凛凛的样子，0 号线男孩叫它“圣诞”。这种猫在城市的公寓很难见到，0 号线男孩说“圣诞”是跟着他从外面回来的。就是这样一只来历不明的猫，跟着同样来历不明的主人，住在 7 楼拐角的房间。

我是喜欢 0 号线男孩的，小胡茬丝丝硬的 0 号线男孩看起来像个嬉皮士，但其实他并不总那么酷。比如他抱着刚买来的小盆栽在拥挤的公交车上紧张了整整一路的时候；比如他一本正经地教育在床上尿尿的圣诞的时候；再比如他弹琴唱歌的时候，低垂眼帘，认真羞涩。0 号线男孩像是看起来质地并不细腻的陶器，上面还有几道裂缝，但外壳剥落，里面坯胎洁白、明亮、清透，含着一口惊喜。

他的声音一贯是克制且冷静的，像是凉皮的质感，却藏着很深很深的温柔，比如此刻，他在厨房一边哗哗洗碗一边跟我说话，而我抱着圣诞坐在沙发上认真听，胸口像是揣了一窝小白兔，闹哄哄的感觉，跟第一次见到他时一样。

4

“大钱大钱，快跳上来，一会儿圣诞就该跑出来了。”

0号线男孩戴着头盔骑在一辆小破摩托上朝我喊，墨绿色的摩托车锈得漆都快掉了一大半。我一直很好奇，他哪里来这么多破东西，但他倒是宝贝得紧。

“愣着干吗，快上来。”

“真的不带上圣诞吗？”

“它昨天又尿床上了，让它留在家反省。”

遇见0号线男孩之前我从来没有发觉，原来被黑夜吞没的城市并不只有单调的0号线，而那些困倦，也不过是虚张声势的嘴脸。很多夜晚，0号线男孩都会骑着小破车，带我去山顶，看着山下熏然的灯光，尖叫的车河，听风捎来0号线开动的隆隆声。一个晚上的时间，够我们在山顶听完三百首不同风格的韵律梦，够我们看完五盘盗版复刻的影像梦。山顶有大风，我倚着0号线男孩，像倚着一块被太阳好好晒过的麦田，暖烘烘毛茸茸。

我多喜欢我的0号线男孩啊，喜欢到想把他拴在裤腰带上，逢人便炫耀。当然，0号线地铁是并不知道这些的，它还是每晚哐当哐当地转圈圈，在这座城市的地下。

5

0号线男孩的消失，是在我们交往满三个月那天，跟着他一起消失的还有圣诞。

我的0号线男孩丢了，但我却找不到他。我陷入了一片漫无边际的恐慌。我去了所有我们一起去过的地方，都一无所获。我在0号线等了好几个晚上，我看到好多相似的背影，但都是困顿浑浊的神情，没有一个人有他那样清明的眼睛。

第三个早晨，我几乎都已经绝望了，当我拖着垂丧的身体走出0号线，走在回家的路上，突然看到了我的0号线男孩站在前面等我。穿着浅色毛衣的0号线男孩，浅色的领子簇拥着他的脸，背对着这座浓暗虚假的城市。圣诞跑到我跟前，蹭蹭我的脚。而我的0号线男孩也走过来，一把搂住我乱糟糟的头发留下胡乱一吻，但他什么都没说。

0号线男孩回来了，他没有告诉我为什么离开，去了哪里。我什么都不知道，就像不知道他的来历一样。我们心照不宣，一切好像什么都没有发生过的样子。我们依然每天在一起度过每个夜晚，一起打开每个早晨，一起看珠灰色的天空穿上颜料盘，看晨光舔遍城市的每个角落。

可是没过多久，0号线男孩又一次消失了。这次我没有去找他，我想他会回来的吧。我只是一个人默默等在家里，跟那台破洗衣机一起。

第一个夜晚，9楼在煮甜糯米味儿的梦，整幢楼腻在一把温柔的味道里，0号线男孩没回来。第二个夜晚，我听到隔壁在放装模作样的综艺，笑声刺耳，0号线男孩没回来。第三个夜晚，外面下了一整夜的雨，每个人都是慌张的神色，0号线男孩没回来。第四个夜晚……第五个……第六第七……

6

我默默等了一个多月，0 号线男孩还是没有回来。我什么都不能做，除了不停告诉自己，他会回来的，会回来带我去山顶，会回来给盆栽浇水，会带着圣诞一起回来。圣诞一定想我了，而家里那台破洗衣机也坏了好久，该修修了。我想着他是会回来的吧，只是这次去得比较久一点。直到我接到了一个电话。

是警局打来的电话，他们说在黑市查处了一批珍稀的高级影像梦，其中就有我的。

我赶到警局的时候，看到了那几个属于我的梦，几个我从未见过的梦。警官告诉我，它们在离开我的时候还只是梦种，梦种是没有形态的，但之后它们会变成口味梦、气味梦，还有最高级的影像梦。而决定梦种未来形态的，是母体情感的纯度，现在，在我眼前，都是由我的梦种长成的昂贵的影像梦。

这个世界上，有这样一群人，他们有着全天下少女心上人的模样，他们以盗取那些恋爱中少女的梦种为生。少女梦种最为珍贵，质软，度纯，感情丰沛，多能长成上等影像梦。他们的身边总是尾随着一只宠物，那些盗来的梦种会被喂食给宠物得以储存。但他们在一个梦种母体身边大多只能待 1～3 个月，时间过久易因梦种的排异反应而被反噬，结束一次行窃，他们就会消失，然后前往下一个受害者的身边。

7

警官告诉我这些的时候，我觉得自己像沉在破旧的浴缸里，外面的声音都听不真切，脑中闪过了许多乱七八糟的画面。我想起第一次见面的时候，他穿的那件很旧的薄外套，脖子却是像藕一样很好看的一节；我想起家里冰箱还放着半块红烧肉味儿的口味梦，切成小丝，用来炒饭特别好吃；我想起他一只手挽着刚洗完的湿答答的头发，有水珠顺着他的手臂慢慢流下；我还想起每一个我们共同度过的夜晚，我可以看到一片黑暗之中，他灼灼的眼神。

警官说，每一个被窃取过梦种的女孩最后也会失去所有的记忆，所以至今都没有人能够出来指证他们。

可我，最后还是向警察撒了一个谎，假装自己也已经什么都想不起来。离开警局的时候，我让警局帮忙销毁了那些梦，一个都没有带走。

其实梦境卡上的名字，只有在接触到持有者的指纹的时候，才会显示出来。其实从一开始他叫我“大钱，大钱”的时候，我就知道这会是个精心策划的骗局了。但那又如何呢，我是心甘情愿上这个当的。我只是不知道为什么我的记忆并没有失去，不知道0号线男孩在第一次离开之后又冒着被反噬的危险回来是不是因为舍不得我。

可我已经不想再想下去了，我只希望0号线男孩能够出现，带着精致的谎言，然后再骗我一次。

其实一开始我就是无所谓抵抗的，因为有些人生来就是要让你忘记世俗的精明的。因为很多时候，我们遭遇爱情，就如同遭遇命运。

8

只是 0 号线男孩呢，后来就真的再也没有出现过。我还是经常会想起他，想着此刻或许他正穿着我没有见过的衣服在跟我不认识的人谈笑，想着下一个被盗的女孩会有什么样的面容，他面对她的时候，脸上是否也有一样生动的表情？

我不知道他会不会突然又回来，向我讨一个吻。我不知道他是否还记得我，是不是偶尔也想起我，不知道他对我有没有一点感情。我都不知道。

直到有一天，我签收了一个匿名快递，打开一看，里面是 90 张很昂贵的影像梦，张张品质上乘。孕育它们的母体大概是花费了很深很深的情感。我把它们一张张塞进放映机，整整 90 张影像梦，我看到，每一张梦里都是我。

我想起了 0 号线男孩的第一次消失，消失在我们交往满三个月那天。

吊盐水

—

要想病愈

只有

把爱我们的人

的眼泪

一滴一滴

灌入身体

97 号刺青

如何才能产生爱？用力得到一丁点。那如何摧毁爱呢？一下得到一大堆。

1

当我重新回到人间的时候，发现自己正置身于偌大的广场中央，缭绕的灯影让我失焦，尖叫的人流像是要把我冲走。我的四周弥漫着一股腥臊的气息，是属于现实生活的气息！那么俗气，那么轻佻，但此时此刻，却亲切得让我想哭。我感到自己的身体正在缓慢下沉，终于“啪”的一声，跪坐在了地上。

一个星期前，我因为向主编提交的五篇故事全被驳回而深感这个月工资渺茫，走投无路之时在网上发布了一条关于“story hunter”的微博，无非就是邀请有故事的男女同学与我线下一叙，讲述他们不为人知的背后故事。很油腻的文体，看起来像炮帖，说实话我并没有抱太大的希望，毕竟在微博上遇到一个正常人的概率就跟我社那个秃顶主编的心眼一样小。而事实也证明了我的预感是对的，这一周内，除了早恋堕胎阿宝色少女，爱穿皮凉鞋的中年金牙大叔，我没有收到任何其他人的回复。

正当我万念俱灰准备删了那条微博时，突然瞟到私信箱里有一条没有被点开的未关注人私信。

"你好，我是一位文身师，或许我们可以聊聊？"

2

97的工作室藏在一栋办公大楼的地下室，不太难找但有点隐蔽。我去的时候刚巧下过一场雷阵雨，原本就潮湿阴暗的地下室多了一股黏腻不堪的味道，像是突然打开了一封陈年霉化的信件。我把滴水的塑料伞斜倚在略带锈色的卷帘门旁，径直走了进去。

对了，那位文身师的网名叫"玖拾柒"，至于他的真名叫什么，我没有问也没有兴趣知道。毕竟现代人的交往模式都是"彼此留一线，日后好不见"。其实决定跟97见面的最主要原因是他没有像其他人一样要我请他喝一杯或者吃顿饭，而是要求亲自在我身上留下一个图案，作为故事的交换。没钱让人受尽委屈啊，一听到不光有故事，还能顺手捡个免费文身，我想都没想就答应了。

我进门的时候97正在台灯下给器械消毒，戴着口罩，穿着白T恤，看起来像个冷峻的外科医生。听到我进门，他抬头跟我打了声招呼，我注意到他的两臂光洁干净，像个金属质地的衣架。

"你跟我想象的不太一样啊。"我打趣着向正对面那堵贴满照片的墙走去。

"噢？那你觉得我应该长什么样？"

"嗯……大胡茬，臊哄哄，或者金链子花臂膀，最起码得是个朋克吧，你这也太不敬业了。"

"哈哈哈哈……"97笑了。还挺好听。

我走到那堵墙前，黑漆木框里全是用宽胶带贴上去的照片，各种身体部位上的各种文身图案，有少女腰肢上的桃色独角兽，有焦糖色小腿肚上的环形罗盘，还有毛茸茸耳后的上帝之眼。不得不说，这些图案太生动了，隔着照片，我仿佛能感受到不同人的体温、气味、触感。但奇怪的是，每张照片上都有编码，从1到99，唯独97号的位置空出了一块，不知是一直没贴还是后来被人撕了去。我心想，这个97号文身大概是被文在97自己身上了吧，所以他才取了这个网名。

我正打算开口向他求证，97就打断了我："消好毒了，快过来。"

3

97让我躺在文身椅上，准确来讲是"卧"。按照他的意思，要把图案文在我后背的肩胛骨上，所以我必须背对他。我想这样也挺好，不用面对面，交流起来应该更放得开。我的眼前是一排五颜六色的颜料瓶，头顶是膨胀的大灯，恍然间有种自己正在牙科医生的诊疗椅上的错觉。

"你的皮肤还挺有弹性。"隔着橡胶手套，我能感觉到97的手落在我的肩胛上，光滑，冰凉，像是突然滚落了一颗剥了皮的荔枝。

"是不是每个人皮肤的触感都不一样？"

"是啊，有些人像橡皮擦，有些人像气球。"

“气球？”

“嗯，感觉一扎，就会漏气。”

“哈哈。”我忍不住笑了起来，身体轻颤。

“别乱动，我要开始扎你了哦。”97一边按住我，一边起身从我眼前的那排颜料瓶里挑了一个，竟然是暗红色，一种我从没见过的暗红色。

都说文身上色是最疼的，文身机一针一针刺在你的皮肤上，把颜料注入你的身体。你会觉得自己像一张光秃秃的纸，正在被圆珠笔书写，油墨渗透，擦也擦不掉。

为了减轻疼痛感，我决定通过不停说话来转移注意力。

“唉，我看墙上的照片就少了97号，97号文身是在你身上吗？”

“我身上没有文身。”97的手顿了一下，慢慢说道。

“啊？！”这下我是真震惊了，一个文身师说自己没有文身，就好比一个老鸨说自己是处女。

当然这句话我只是在心里腹诽了一下，并没有直接说出来。

我隐隐觉得97号文身肯定跟某个女人有关，但碍于97没有主动告诉我，我也不好直接开口问，便继续瞎扯：“平常来店里最多的客人是不是热恋中的小情侣啊？毕竟爱到深处大家都想在自己身上留下点纪念嘛。”

“纪念？不过是日后自证愚蠢的证据罢了。”我听到97的声音有点清冷，像是在喉中含了口初冬凛冽的风。

“诶？干吗这么绝望呢？”

“就是因为看多了爱情最好时候的模样，才会对它彻底绝望啊。”

一时间我被噎得说不出话来，我想我大概能懂他说的这种绝望，正是因为太过记得曾经那些深入骨髓的亲密瞬间，才会无法接受后来形同陌路的疏离结局。

想到这里，我觉得自己的胸口微微有些闷，便抬了抬脖颈松口气，不料一抬头又瞥到了那堵照片墙，上面那个空荡荡的位置好像一只正盯着我看的眼睛，我被看得浑身不自在，终于忍不住开口发问："所以 97 号文身到底去了哪里呢？"

4

或许是因为我背对着 97，看不到他的脸和他的表情，所以才会敏感地察觉到他的语调格外冷感而疏离；或许是因为周围太过安静，我总感觉 97 在讲述自己的故事时仿佛是个置身事外的局外人，带着一种冷眼旁观的隐忍与克制，但身为倾听者的我却会不自主地被他卷入一个个场景中，眼前全是变幻的画面；又或许是我太沉迷 97 的故事了，竟然没有感觉到一丝一毫的疼痛。

听着 97 的讲述，我仿佛可以看到他口中的那个女人，有着结实紧致的光滑脊背，那是她身体的开关，一经触碰，她便会像幼兽一样发抖。他们结识在许多年前的广州，潮湿黏稠，低分贝的噪声，还有假惺惺的闪烁霓虹，一切都刚刚好，一切都腻在那把暧昧里。那时候 97 还是学徒，刚开始跟着大师傅学习手艺。那时候文身也没有这么普及，店开在红灯区，平日里的客人也大多是混混流氓，满身匪气。

看起来这是一幕多完美的爱情戏啊，灯光舞美氛围全部到位，只可惜时间、地点、人物全都排错了场。97第一次见到她的时候，她正站在一个中年男人的身边，他们叫他“阿光”。但97完全不屑于记得这些了，他只记得那个女人好看的脖颈和让人胆战心惊的眼睛。

“她比我大6岁，那时候已经跟阿光结婚了，但她多好看啊，好看得让人心碎。”

谁能拒绝一个这么好看的女人呢？更何况那时97还是未经世事的少年。半夜，店里灯火通明，她脱光了衣服，就如同一座裸露的山峦，又如同一颗果子，看起来微酸饱满，尝起来却是抽丝剥茧的甜。

“她告诉我，自己跟阿光在一起并不快乐。”我仿佛看到了昏黄灯光下，还是少年模样的97捡起了那个女人在灯下叹息时嘴里吐出的烟雾，并且小心翼翼地保存在了心里。

“我们偷情，我很快乐，但却没有一刻感受到安定，她是一块永远走不准的表，是永远自由的水流。

“我只有一个她啊，可她却还有那么多人。”

无法势均力敌的感情，只会造成一个后果，就是弱势的那方需要承受加倍的痛苦，加倍的不安，当然还有加倍的爱。那个时候的97每天被爱和痛苦折磨得死去活来，又无处纾放，于是只好把它们凝聚成了一块和爱情形状相同的图案，文到那个女人的身上。并且希望这个图案能够渗透她的皮肤和血液，渗进她的心里。

“那年刚好是1997年，遥不可及却不会再来的1997年。

“我叫它97号文身，因为在那个时候，我们都相信1997年永远不会有结束的那天。”

不知道为什么，当我听到97这句话的时候突然特别难过。我们这辈子做过最自相矛盾的事，大概就是一边在时光还在的时候追忆时光，在爱情还在的时候纪念爱情，一边又信誓旦旦地觉得它们都会永恒。

5

少年的爱是炽热又疯狂的，想要燃尽一切。但对一个久经风尘的女人来说，这样的爱太过沉重了，一具年轻新鲜的肉体并不值得她付出这样的代价。

每次他们做爱，97都会用一种近乎绝望的语气一遍遍问她“你爱我吗”，可她从来都不回答，只是默默把头偏过去。在她眼里，97就像一头精力过剩的兽，年轻激烈，看起来是极其凶猛的掠夺者，想掠夺的却不过是一星半点的安全感。恰恰这一星半点的安全感，是她最不能给的。

如何才能产生爱？

用力得到一丁点。

那如何摧毁爱呢？

一下得到一大堆。

但这个道理，那时候的97并不知道。他还是一厢情愿地缠着那个女人，一点点地迫近她，向她讨爱。然而这样的索取却耗完了那个女人对他的新鲜感与兴趣，她感到厌烦，她想要摆脱。

“后来阿光知道了我们的事，带人来砸店，有人告诉我，是她亲口告诉阿光的，说我缠着她，可我当时根本不信。”

有人说，谈恋爱就像醉酒走钢丝，最怕的不是摔死，而是酒醒。那些自欺欺人的人啊，也不过是沉湎于自己给自己制造的美好幻象，不愿醒来。

店被砸的时候，那个女人还特意过来了。她站在阿光的身边，就像97第一次见到她时那样。只不过这次脸上换上了无比厌倦与嫌恶的表情。

“她终于连装都不想装了。”

97终于在那一刻清醒了，终于看清了她那些居心不良的温柔，还有淬了毒的甜蜜笑容。

6

“后来，我被师傅赶出了店。那是我最落魄的一段日子，住在广州最破旧的街道。午夜躺在发霉的床单上，我的脑海中全是她背上的那块文身，那块准确无误地写满了我当年所有愚蠢的文身，多荒诞可笑啊，它就这样日日夜夜折磨着我，日日夜夜……

“可你知道的，文身就跟爱情一样，抹去远比文上要付出更大的代价。”

我感觉到 97 身体微微颤抖，身上冒出了一些薄汗，那股淡淡的汗湿味像极了夏日午后乌云里奔走的雨气。

“我满心都是对她的恨，脑中只有一个念头，我要把那块文身毁了，连同她一起。”

我的心一沉，大概已经猜到了故事的走向，但我还是强迫自己冷静，继续听下去。

可 97 根本没给我缓冲的机会。“没错，我杀了她，手刃爱人跟文身一样，都是细致而美丽的工作，可你一旦开始了，就得继续下去，继续下去。”97 的话让我的双耳开始出现短暂而急促的嘶鸣，我想张口说些什么，却什么都说不出来。

“杀了她之后，我换了一个城市、换了一个名字继续生活，因为被通缉的缘故，我只能在这样阴暗的地下室里工作，我甚至不敢在任何客人面前摘下口罩，大家都说我是全程戴口罩的神秘文身师，但没有人知道是因为这个原因。”我觉得有一股麻意从脚底升腾起来，蔓延到全身，让我无法动弹。

“你怕了吗？”97 见我被惊得说不出话来，突然格外温柔地摸了摸我的头，“别怕，我不会对你怎么样的。你知道在生物学上有个理论叫印随行为吗？我杀了她，我对她的恨已经消解了，但爱呢，我却不知道要放到哪里。这么些年来，我一直在寻找那个跟她相似的人，我要找到那个人，重新在她身上文 97 号文身，把我所有的爱都印在她的身上。”

97 的话让我越来越惊恐，我感到自己的皮肤正在收缩，胃里隐隐作痛，恶心得想吐，耳边的声音都变得好遥远，我听到有人尖叫了一声:“别说了!”——那好像是我的声音。

可是97根本就不理会,继续慢慢往下说,带着手术刀般的冷静:“哦对了,她的血被我放干后保存了下来。我把它们做成了颜料,不知道为什么,她的血特别红,特别红,在和其他颜料混合之后,变成了一种非常妖冶的暗红色。

“我一直保存得很小心,因为我担心颜色会随着时间的过去而被慢慢氧化,不再那么美丽。但还好,我现在已经找到了那个人,还好。”

我的大脑已经无法思考了,我试图劝说自己冷静下来然后赶快离开这个鬼地方,这时,97却突然把橡胶手套摘了,我能感觉到他的双手,对,是他赤裸的双手,已经抚上了我的背,突如其来的冰凉,就好像是一条滑腻无比的毒蛇爬在我的背上。“在网上看到你的照片时,只觉得你们很像,可没想到就连神态表情都一模一样。你刚一进门的时候,我甚至以为是她回来了,更惊喜的是,你的背也是那么好看,那么……”

“啊!”我终于忍不住崩溃大叫了起来,翻身跌落在文身椅边,大口喘着粗气。97还是坐在那里,一动不动地看着我,可隔着口罩我根本看不清他的表情。

7

我忘了自己是怎么连滚带爬从那个地下工作室里逃出来的,还好97并没有想要真的伤害我,也没有继续追出来。等我回过神的时候，发现自己已经跌坐在广场中央，像个刚被人从水中拽上来的溺水者，一身湿漉漉的汗。突然广场上吹来一阵冷风，我不禁迎风打了个寒战，也顿时清醒了许多。我深吸了一口气，从未像此刻一般觉得人潮中那股轻佻又腥臊的味道是如此可爱。

刚才的遭遇就像一出荒唐的梦魇，但大梦初醒的我已经不想再回忆下去了，我说服自己回去好好洗个澡睡个觉，把这些吊诡猎奇的事情全部忘光。我哆嗦着从广场中央起身，理了理衣服，颤巍巍地打车回家。

一路上我的脑子里只有一个念头：明天起床就立刻去把背上那个恶心的 97 号文身洗了。它的存在让我觉得浑身都瘆得慌。但我没有想到，一回到家，我的手机就响了，又是一条私信。我迟疑了一会，还是怀着忐忑不安的心情哆嗦着点开了：

“抱歉吓到了你，不过我想这个故事应该还算精彩吧。希望你能喜欢。”

“啊……”我听到自己发出了一阵短促的轻呼，像个鼓胀的气球被突然戳破后发出的泄气声。

“原来真的是一场玩笑啊。”但我却并没有想象中那么轻松，反倒觉得有种被抛到高空后又突然被掷下的虚无感。“妈的，没事开这么吓人的玩笑。”我忍不住在心底暗暗咒骂了一句。

虽然 97 告诉我这一切只是一场乌龙，但我还是觉得十分不安。“文身，是我背后的那个文身！”我立马冲进浴室。浴室镜子前，我后背的右肩胛骨上，果然光洁一片，什么都没有。这下我才真正放下了心。突然之间，我又有了一个想法，虽然我还不知道

97跟我说这个故事的目的，但这个故事好像还真挺不错的，既恐怖又奇情，为什么不试着把它写出来呢？说不定可以解决眼下的笔涩缺稿之难。

没想到，故事刊载的那期杂志反响出乎意料地好，加印了好几万册，还创下了史上销量最高纪录。我每天被各种各样的读者邮件轰炸得不知所措，全都是在问我关于97号文身的事。就连主编都特意找我谈话："这个故事的反响既然这么好，你不如继续写下去吧，这不还有99个文身嘛！这样，我给你开一个专栏，你就专门写文身系列。"

直到有天，我收到了一封读者的邮件，对方宣称自己就是97口中的那个女人，问我能不能帮她联系到97，她想见见他。

你知道的，总是会有那种入戏太深的读者，发来一些奇奇怪怪的邮件。平常，我一贯都是不回的，但这次，我却鬼使神差地回复了她。

"小姐，故事是骗人的，根本就没有这个女人。"

"不，故事不会骗人，骗人的从来只有人自己。"

8

"她多好看啊，好看得让人心碎。"当我终于坐在那个女人对面时，脑中突然一闪而过97对我说过的这句话。看得出来，她已经不年轻了，应该说，早就已经不年轻了，但却长着一张没被伤害过的脸，脸上的神色依旧新鲜，靠近一点，还能闻到一股黄昏中烟波迷离的河水的味道。她的声音又薄又软，诉说起那些陈年往事时让人听不出任何情绪，又或者说，她原本就没有任何情绪。

我问她为什么要见97，还爱他吗？

“爱吗？早就没有了吧，只不过，这些年来，越来越觉得愧疚。”她说这话的时候，夏天正午的阳光正透过咖啡馆的玻璃窗直射在她脸上，一瞬间我的眼前迷蒙蒙一片白，看不清她的表情。

不知道为什么，当我面对她，竟怎么都说不出一句指摘的话。我想我大概明白了97所面临的绝望，爱上这样的一个人恐怕早就注定了要独自承受心碎的结局；我想我大概明白了97为什么要编一个这样的故事来骗自己，接受一个人从你生命中抽离出来的过程和在记忆中把她杀死又有什么差别吗？没有的，都是一样的痛苦，一样的残忍，一样的永不相见，一样的心如死灰。

不过最后，我还是决定不告诉这个女人97的地址，也不告诉97这个女人曾经出现过。有人说“忘记一个女人最好的方式就是把她变成文字”。我想，既然97选择告诉我这个故事，选择让我把故事写出来，他应该是打算放过自己了吧。

我从咖啡馆走出来的时候，已是傍晚时分，入夜前的那点光依旧热烈得不像话。我转头，隔着玻璃窗，突然看到了那个女人露出的右肩胛上的文身，是一株鲜艳妖冶的罂粟，色调比霞光浓郁，明亮又无辜，似乎永远都不会凋谢。

云同步恋爱

对于结了婚的人而言，离婚并不是一件急于求成的事情，离婚是终将到来的恩典，就跟死亡一样。

1

故事发生在三月末的早晨。其实是不是三月末也并不打紧，只要天气不冷不热，阳光不偏不倚，一切都普通得像是从大街上捡来的一样就可以。普通的天气嘛，最是暗藏杀机。

这时你若是不自觉地嗅了一口早春清晨负氧离子超标的凛冽空气，便会警觉到，面前的天气明明就是一个因为迟到而被罚站的怯怯少女，双唇紧抿，却是一副有故事要说的急切模样。

当然，要说的也只是一些很便宜的事情。

顾怀就是在这样的天气里睁开眼睛的，与其说醒来，不如说是被人从一摊胶水里打捞出来的。在这种天气里身上黏着一层薄汗的感觉可不太好，特别当窗隙还时不时钻进一些刻薄的冷风。顾怀下意识地拢了拢身上的被子，侧过身抓起了床头柜上的手机。

此时此刻，顾怀的脑中正在回想刚过去的那个梦境。梦里她看着自己赤足在水里摸鱼，对，就是看着自己，用上帝视角看自己，虽然看不真切，像是隔着一面氤满水汽的玻璃。

水里的鱼很多，每条都有三斤重。可顾怀抓不住，它们的身体光滑黏腻，让人根本无从使劲。顾怀又气又丧，但无法停下手中的工作，只得机械地重复着。这让她想到上星期在美术馆看的后现代艺术展览，一群身穿白袍的人在一个偌大的白色房间里走来走去，莫名其妙，不知所云。

梦见徒手捉鱼，意味着生活中会出现新的感情，手机搜索引擎是这么告诉顾怀的。这个回答实在太过好笑以至于顾怀忍不住在被窝里就笑出了声，那是嘲笑，嘲笑的人是自己。

2

她跟陈实已经分居大半年了，独居生活就像是门口那块被很多人踩过的踏脚垫，坚硬，邋遢，乏味，总是翻不过身来。

可两个人住在一起的时候似乎也好不到哪里去。还是不要再想了，顾怀快速截停了脑中乱飞的思绪，准备起身洗澡上班。“您的手机云端储存空间不足，请及时清理。”手机屏幕在这个时候突然闪出了一条消息，拽住了顾怀行将上扬的身体。

怎么又满了？果然生产垃圾已经成为现代人的日常要务之一，而无良运营商的日常要务则是诱惑你产生更多的垃圾，然后再诱惑你花钱去购买足够的空间来储存这些垃圾。顾怀忍不住愤愤地想。

手指在屏幕上轻轻触碰，顾怀的心中随之升腾出一股清厕夫般的职业激情，气势汹汹，愈燃愈旺，直到手指划过一张她从未见过的照片，这股激情才被突然掐灭。

那是一张黄昏中的街景，昏闷的光线把街道轻轻托起，两旁的高楼凸成陌生的弧度，远处的天色漫不经心地泛着红光，像是有人在云层深处掌了一盏灯。看得出来这张照片是在阳台上拍的，照片的角落还矗立着一排锈化的管道。

虽然落日街道的面貌大抵相似，但顾怀可以肯定自己并没有切身参与过照片里的场景，即使这张照片已然唤起了她遥远记忆中的某一段。那是陈实刚从家里搬出去的时候，也不能说是“家”吧，确切地应该称之为婚后共同财产。某日，天气晴好，顾怀突然一时兴起，把家里陈实忘记带走的或是特意留下的东西全部打包好——剩下半瓶的剃须膏，前年买的衬衣，因为小了一码所以一次都没穿过的崭新皮鞋，甚至陈实常用的那张放在书房的办公桌。

顾怀一个人吭哧吭哧把这些东西扛到楼下，坐上开往城郊垃圾场的出租车。她清楚地记得，那天车窗外的黄昏也是这般模样，就连天色的饱和度都如出一辙。

其实顾怀大可以把这些“垃圾”丢弃在小区楼下的垃圾桶里，可她就是不要，她就要千里迢迢，就要气喘吁吁，就要跑到很远很远的地方，亲手把它们丢弃，如同丢弃掉心里长满霉斑的破棉被。

那是某项很重大的仪式啊，只有完成它，顾怀觉得自己才能庄严地开始做一个“丧偶”的女人。

3

顾怀早就当自己丧偶了，早在那个女孩第一次站在她家门口的时候，顾怀就当自己丧偶了。

那孩子才多大啊，19岁？20岁？顾怀拿不准，那个年龄段离她太遥远了，以至于她连目测的能力都失去了。

可她就是这么突兀地造访，野蛮地插进顾怀的生活中，如同这张突然出现的相片。

顾怀怎么都想不起来自己在什么时候爬上过那样一个阳台，拍下过那样一张照片。或许是自己的记忆出现了断层吧。鬼使神差地，顾怀还是把那张黄昏街景的照片留在了手机里。

直到几天之后，顾怀都快要淡忘那张照片了，云相册里又莫名其妙多了一张照片。这次是一架航班的手机截图，上面没有任何乘机人的个人信息，只显示那是一班从A城飞往C城的航班，两个城市都是顾怀从来没去过的，飞行时间在几天前，那时顾怀正焦头烂额地应付一堆报表呢。就算自己的记忆出现了错乱，公司的打卡系统总诚实得不会说谎吧。

顾怀感到了一丝恐慌，她的第一反应是有人盗刷她的卡购买了机票，手机中突然出现的这张截图大概是来不及销毁的证据之类的东西。

顾怀在第一时间就给银行打去了电话。自从结婚之后，顾怀便对金钱、财产变得格外敏感。身为一个天生的悲观主义者，顾怀深谙结婚从来不会是真正意义上的结合，因为人和人本来就是磁铁的正负两极，靠得越近，斥力也就越大。而结婚只是给了他们一个正当理由，一个终于可以开始顽固对抗彼此的理由。

这样想来，陈实的背叛好像也是情理之中的事情，婚姻之中，大概只有“你果然让我失望了”这件事本身永远不会让人失望吧。

而那个女孩的出现，却是实实在在摁灭了顾怀心里最后那一丁点火苗；顾怀清清楚楚地感觉到自己心里残存的那最后一丝微弱的火苗，就这么被熄灭了。

4

当银行的工作人员告诉顾怀，她的账户并没有什么异常，没有任何不明的支出或是盗刷，顾怀这才松了一大口气，但心里的蹊跷感丝毫没有减轻。

接下去的几天，顾怀都像一个在暗处等待的猎人，明明心头放着一只盛满水的杯子，七上八下的，却还得屏息憋气，假装波澜不惊地等待着猎物上钩。

顾怀开始每天检查相册，每隔一小时就要检查一次。好像突然多出来的照片是她早就下过单的外卖，它们一定会来，但不知道什么时候来；等待过程中的心情也是一样的焦切。

终于在周四晚上临近下班的时候，顾怀又发现了一张新的照片，那是在健身房拍的，画面上方是一根卧躺在地上的杠铃，画面左下角是一双脚，男人的脚，穿着一双白色的球鞋。从照片的构图来看应该是照片的主人拿着手机俯拍的。

顾怀实在是忍不住了，便叫住正手忙脚乱收拾东西准备下班的郑芸，跟她说了这个灵异事件。

郑芸是她好多年前刚进公司就认识的同事，原本陈实跟她俩都是一个公司的，和顾怀恋爱之后，便辞职了。

顾怀和郑芸可以说是老友了。哪种类型的老友呢？就跟家里那把二十年都没换的门锁差不多吧，对它说不上喜欢，从未仔细端详过它，也从未真正试探过它是否牢靠，但却是惯性般信任着它的存在。

面对顾怀的遭遇，郑芸倒是没有表现出过分夸张的震惊。她总是这样，当时她和陈实的地下恋情不小心被好事者曝光，所有人都惊愕无比，只有郑芸，一副我早就瞧出了猫腻的淡然模样。

按照郑芸的说法，这样的事情也没什么大不了的。“之前电视不是报道过，因为什么云空间终端信息同步出差错，手机云相册就会莫名其妙同步了别人相册的照片。”

郑芸这么一说，顾怀倒是突然对这则新闻有了点印象。似乎真有这么一回事儿。这么一想，之前黄昏街景照、航班截图、健身照都有了关联性，每一个场景，每一块碎片，都汇合成了一段具体的生活，汇合成了一个确凿的人。

“相册的主人到底是个什么样的人呢？他是不是也能看到我的照片？”这样的念头一旦产生，便会哗地在脑中指数爆炸开来。

自从分居之后，顾怀就没有精力去结识新人了，也疏于靠近任何人的生活，只是懒惰、疲惫、无力，独善其身地活着。

其实这样的自私未尝不是一件好事，顾怀有时候想，这个世界之所以还不够好，只不过是因为人们总是无法坦诚地面对自己的自私，他们遮遮掩掩，他们多此一举，于是他们总在拖累对方和自己。

生活中其实也不乏一些向她示好的男人，但顾怀都躲之不及。不是对他们的爱没有信心，而是对自己没信心，她太明白了，自己是怀着怎样悲观的目光看待别人的，自己捧给别人的“爱”都是些什么货色。

顾怀怕麻烦。

但这次她却没有选择向通讯公司投诉，让他们来帮她解决这个麻烦。她的心里隐隐生出了一些模糊的渴望，那种渴望像是梦中的她想要用力抓住从指间溜走的鱼一般，是不知从何而起的意料之外的东西。

5

自从心中有了这种渴欲，顾怀被手机所胁迫的时间和情绪就更多了，她有时候觉得自己的心就像一个提线木偶，而拴着她的那根绳子就是手机相册。

可惜相册更新的频率却是极度随机的，有时候是一天好几张，有时候却好几天都没有一张。这样更新的频率大概跟顾怀接到陈实电话的频率差不多。

陈实是来催顾怀离婚的。

对于结了婚的人而言，离婚并不是一件急于求成的事情，离婚是终将到来的恩典，就跟死亡一样。

但顾怀是不会离婚的，当然不是因为爱意犹存，只是怀抱着“你怎么能抢先辜负了我”的恶毒心理，她无法眼睁睁地看着陈实奔赴另外一种她无法想象的生活，留她一个人仍深陷在泥沼里。

所以当陈实又打来电话的时候，顾怀还是挂了。只是这次顾怀挂电话的心情比往常要稍微好一点。

那天下了大暴雨，照理说这样的天气往往让人躁郁不安。可顾怀看到云相册里同步了一张天气预报截图，预报的刚巧是她居住的那个城市的天气。

这是不是说明相册的主人跟她生活在一个城市？

顾怀脑中的念头已经越来越大胆了，这几个月来，她不仅每天等着那些零零散散照片的出现，试图用它们拼凑出完整的画面。比如，几乎每周四都会出现的健身房照片，似乎暗示着相册的主人每周四都会跑去运动。又比如，出现频率仅次于健身房的小猫照片，似乎暗示着相册的主人养了一只黄色的虎斑猫。顾怀跟这只小猫打过很多次的照面，当它趴在他大腿上张嘴打哈欠的时候，当它凑近食盆用粉红果冻鼻轻轻嗅的时候，当它朝着镜头伸出肉垫般的小爪子的时候。顾怀甚至知道它的耳后有一块小小的白斑，仿佛那是她的猫一样。

而且现在，好像有一种可能性被抛到了她的面前——靠近这些碎片的可能。

当你开始捕风捉影地想要了解一个人的生活，就已经是一件很可怕的事情了。

因为，幻想，是一切爱情的发轫。

6

但顾怀是不会承认的，那两个字离她实在是太过遥远了。她只是隐隐觉得自己和相册的主人在某种程度上能达成一种共识。

说起来，顾怀一直想要养一只猫，但陈实对猫毛严重过敏，所以就做了罢。分居之后，顾怀原本是有机会养的，只要她喜欢，养上八只十只一大笼都没有问题。可偏偏，顾怀就不想养了，她没有底气，没有让一个柔软的生命走进自己的生活，并且照看好它的底气。

这种心理就跟顾怀一直不肯要孩子差不多。是的，结婚五年，她和陈实一直都没有要孩子，因为顾怀不想要。

人人都在生孩子，却没有人问孩子一句，你真的愿意来到这个世界吗？

顾怀分不清这样的心态到底算自私还是不自私，但她隐隐觉得相册的主人跟她怀抱着一样的心理。

因循着那些线索一般的相片，顾怀在脑中无数次还原过他的面貌——一个和她一样独善其身的独居男性。

他生活简单而有秩序，这点从他吃的食物就可以看出来。偶有下厨的时候，他便会随意地拍几张，做的都是一些很简单的东西：煎一条三文鱼或者一块牛排；煮一碗窝蛋拉面；甚至就拌个沙拉；偶尔配一杯黑咖啡，从来不会加任何糖或奶精。

顾怀也是这样，对吃的兴趣点很低，或者说，对那种复杂而浓烈的生活的兴趣点很低。她很瘦，脖颈像一折就断的自动铅笔芯，这也许就是她时常会觉得陈实身上流窜的那股子中年发福的腻味气息会冒犯到她的原因。

顾怀猜想相册主人和她是同一类人，那种很瘦很清淡、仰仗着清水就能活下来的人，尽管他从来都没有过一张自拍。

就这样，莫名出现的相片陪着顾怀走过了一整个春天。起初，顾怀不过是抱着观望的态度，想从边边角角窥探一位陌生人的生活细节。就跟看连续剧的感觉差不多吧，哪怕代入感再强，心里也清楚明白，那不过是别人的生活，甚至是一种虚构的、凭空想象出来的生活。

直到五月的一个周末，相册里突然同步了一张网上购买电影票的截图，上面显示了电影的场次和影院的名称，就在距离她家六站地铁的地方。

虽然顾怀早就知道他们俩生活在同一座城市，但这张照片的出现委实把她吓了一跳。

说实话，顾怀还挺享受远远观望的感觉的，毕竟人是靠着想象才得以在这个世界上活下来。可现在，这张“邀你入戏”的请帖唤起了顾怀内心深处的躁动。生活对她似乎有点过分热情了，顾怀一下子有些不知所措，被吓愣在原地。

整整一天，从早上发现这张电影票到晚上下班，顾怀一直都心不在焉。郑芸问她怎么一副魂不守舍的样子，顾怀三言两语地岔开了，她羞于启齿。天啊，她居然会想要跑去电影院，赴一场单方面的约会，在她甚至都不知道对方长什么样的情况下。她真的羞于启齿。

7

当顾怀走进影院的时候，电影已经开场了。影厅里面暗暗的，只有大屏幕发着微弱的光亮。顾怀的座位在比较靠后的地方，借着那一点微光，顾怀小心地穿过长长的走廊，走向自己的座位。

五月末的天气，按理说不算太热，顾怀穿了一件薄薄的针织开衫，但还是感觉有一些燥热。人的感官在黑暗中总会变得比较敏感，顾怀的耳朵清晰地捕捉到了一些低分贝的噪声，她觉得影厅里所有人的目光都在齐刷刷地看向她。虽然她清楚根本不会有人注意到她，但还是忍不住觉得自己像一个在月光下走夜路的贼。

往里走的时候，顾怀还蹭到了坐在外面的那对情侣的膝盖。等好不容易坐下来，她才觉得心稍微安定了一些。屏幕上放的电影似乎还挺好看，但究竟放了什么对顾怀而言是没有意义的，唯一的意义在于它给了顾怀一种保护，给了顾怀一个可以冠冕堂皇坐在这里的理由。

不知道他现在坐在哪里？

是一个人来看电影的吗？还是跟喜欢的人，或者爱人？

长什么样呢？会不会是秃顶的老头？说不定是爱穿粉色衬衫的娘炮？

脑中乱七八糟的念头越来越多，顾怀觉得有些好笑，但更多的是一种惴惴难安的兴奋。这样隐秘的刺激感让顾怀想到小时候作业没有做完，却背着妈妈偷看电视时的心情；想到刚和陈实谈恋爱那会儿，一群人在朋友家喝酒，没有人知道他们俩正在桌子底下悄悄给对方发短信，说着一些俏皮话。

当然，他们也笑，跟大家一起笑，只是笑一些不一样的东西。

有时候，陈实会发短信让她去阳台抽烟，于是两个人就若无其事地一前一后跑去阳台抽烟。那些都是很私人的时刻，顾怀记得那时候的阳台也是暗暗的，就像此时的影厅一样，被一片黑暗怀抱着。外面有高楼影影绰绰，晚风就是这么吹过来的。

8

顾怀觉得自己有些眩晕了，好像真的又吹到了那些年的晚风。等她回过神抬头看的时候，影片也差不多快结尾了。

接下来应该就是大灯亮起，甜美的黑暗褪去，所有人失去庇护，暴露在明亮的光线之下。顾怀终于有机会从退场的人流中找寻她想要见到的那张脸庞。

顾怀有信心自己能认出他来，她甚至已经想到了他们一起走出电影院的场景，太阳大概已经垂下了眼睛，空气中一定有广玉兰的香味缓缓飘散，五月末的天气，已经非常暖和了啊。

终于，头顶的灯光亮起，正如期待的那样。

在她的正前方，顾怀看到，陈实正站在那里。

七喜

他喜欢的人天真恣意，洒脱利落，无所畏惧，一颦一笑都是他错过的人生。

1

你的衣柜里都藏了些什么？是祭奠自己90斤岁月小鸟一样回不来的s号牛仔裤？是回家见爸妈专用三好学生同款丑T？是象征尊贵身份的蒜味儿大白貂？还是你们家那只偷吃了猫粮就到处乱窜的磨人小花猫？

但这都是你们的衣柜。

不是七喜的。

2

七喜是我的发小，也是我幼儿园三年的同窗。他长得很特别，萝卜脸上顶锅泡面头，特像个明星，就是七喜饮料瓶儿上的那个小人。

“大钱大钱，你能不给我取这么娘的名字吗？”

“怕什么！我个穷逼都叫花大钱呢，况且你本来就㞞㞞的呀！”

七喜真的是一挺㞞的人。在这个世界上，有人在超级豪华海景房两米八的大床上听着潮汐拍打海岸的声音安然入眠；有人在情侣酒店的水床上周身披满暧昧光线做一夜美梦；有人午睡乍醒，半趴在流满口水的课桌上揉揉惺忪的双眼，一恍惚，好像就这样伴着窗外的蝉鸣打发了下半生。但七喜不一样，每个夜里，他都窝在自己的衣柜里永远不挪地儿。

是的，七喜是个睡在衣柜里的男孩。

他的衣柜里，藏着他的整个世界。

小学的时候，七喜爸妈感情破裂，总是让他睡在中间。偌大的一张双人床，生生被横亘中间的他劈成了两半。后来他们离婚，衣柜就成了七喜的割据地。

我猜，弗洛伊德和荣格一定说过，喜欢生活在狭小的密闭空间里的人，一定是极度缺乏安全感的。如果他们没有说过的话，那就当是我说的好了。

我知道七喜之所以喜欢睡在衣柜里是因为他无法独自面对广阔无边的黑夜。他就是这样一个怯怯的孤独鬼，蜷在自己的小小世界里，等着一个身披金甲圣衣，脚踏七色云彩的女侠来接他。

3

七喜第一次遇到女侠，不是在快意恩仇的江湖，而是在大妈接踵的超市。

女侠穿个黑色大T恤，奶茶色肌肤，头上扎个洋葱头，好像一抓那根小辫子就能被拎走一样，在匆匆人流中，自顾自走着，像个孤独的糖罐，又像只逗留草原的小母马。在七喜眼中，仿佛整个超市立马变成了一个巨大的背景，只有女侠一个人在幕前演出，还是自带一百盏两千瓦追光的那种。

后来七喜发现他和女侠居然是同一所大学同一个学院的同学。噢，对了，女侠名叫三条，姓胡。

你知道的，七喜是那种上课尿急宁愿憋得满脸通红都不敢举手的人，但是三三不一样啊，她是猎猎生风的少女，是那种唱着小苹果蹦来蹦去都能理直气壮的人。酷劲儿十足。

喜欢一个人，无非两种情况。一是你们志趣相投，气味相近，大自然的磁场“biu”的一声把你们吸到了一起；还有一种无非就是你们有天壤之别，但对方身上有你没有但是很想拥有的特质，所以你爱 ta，就像爱理想化的自己。

其实，在每个胆小鬼的心中都会有一个变成金链大哥的梦想。只不过他们小心翼翼地藏了起来，所以你才会觉得他们胆小到都不敢拥有梦想。

就这样，七喜开始了他旷日持久的暗恋战。他喜欢的人天真恣意，洒脱利落，无所畏惧，一颦一笑都是他错过的人生。

据说，爱是一种成分复杂到无法被分层离析的情感，它有很多种的意识形态，有些掺杂了依赖，有些混入了感激，有些则勾兑了羡慕。七喜对三三的感情大概是最后一种。

虽然三三很漂亮，但是却很少有人追。对于大多数男生来说，找女朋友有比好看更加重要的一点，那就是够得到。像三三这样的姑娘，美则美矣，但是侠气太重，就好像自带结界，你还没走到她五米之内呢，就被结界弹飞出去。而且酷酷的姑娘往往不容易被爱，因为你的酷劲儿仿佛就在昭告天下“我根本不需要人爱”，这就无法给予男生对他们而言最宝贵的情感——依赖。

4

七喜就这样恋着恋着恋到了大三，闲得没事干的辅导员搞了个叫“正能量社”的社团，也就是所谓的考研小分队，每个班成绩前 40% 的同学都必须强制参加。这是一个队伍庞大的组织，所以辅导员又一声令下，大家还需要组成 4～5 人的学习小组，在双休日、节假日相约一起学习。七喜和三三被分到了一组。

我以为我们苦守寒窑十八年的七喜同志终于欣欣然等到了戈多。但我忘了近水楼台先得月这种事的发生主体必须是个具有主观能动性的自然人。给尿逼再多的催化剂也只能是猛地一拳白白打在了棉花上。在这段感情里，七喜就像是憋着一口气在爱，一点一点、小心翼翼地呼气，还要时不时偷偷打量一下三三的反应，再悄悄呼出一点。

他们那个学习小组的组长是七喜班的团支书，他扬言要带领大家在积极生活的康庄大道上撒蹄儿狂奔，所以规定大家都要在晚上一起学习和跑步。但三三是野马型选手呀，才不爱被管束。所以那天上完大课，三三在门口堵住了七喜。

“七喜，帮我跟你们团支书说一声，以后晚上我就不跟你们一起自习和夜跑了，我比较习惯晨跑。”

“好的……”七喜怯得都不敢抬头。

“诶，你都不会觉得无趣吗，每次都这么听话，哪来的兴致活下去！”三三说这话的时候带着点不经意的诱惑，邪恶又无辜。

七喜仿佛是听到了号角声，觉得有什么东西在他喉间乱啸，鬼使神差地说：“我也更喜欢晨跑，以后我们一起跑吧！”

“好啊，明早见！”

于是，他们成了好跑友。

5

晨曦微露之时永远是一天中最好的光阴。天边云朵沸腾，朝阳就像一个刚出蒸笼的奶黄包。路边的行道树像是刚从田里摘出来的花椰菜，带着生命力的绿。请你在脑补这些画面的时候自动配上声音碎片“唯有晨光从容，没有疑问，新鲜如初”的歌声当背景乐，是不是立马觉得早晨分外美好，世界特别温柔，故事格外浪漫？

那么你就大错特错了，别忘了，一大早街上不仅有出来晨跑的人，还有特别多出来遛狗的大爷大妈，专挑拉布拉多这种大型犬遛。哈哈，七喜的胆儿都要被吓裂啦，脸上的表情比被妈妈强拖着去幼儿园的小朋友还要精彩。到底还是三三女侠，路见不平，抓起七喜的手腕就跑。风在耳边呼啸，时不时还伴着三三的笑声，七喜突然忘记自己为什么要跑了，但他还是不停向前奔。

“我说，你胆儿怎么这么小哪，有人牵着的狗都怕。”

“我、我也不知道，爸妈离婚后我经常都是一个人，胆子好像也越来越小了。”

确实，自从一个人以后，七喜特别害怕黑夜的到来。夜幕四降之时，他觉得整个房间都静得吓人，甚至听不到自己的呼吸声，只有心脏突兀地跳动着。夜色是锋利渗血的刀刃，也是来路不明的厚重乌云，密不透风严严实实地压在心头。七喜开始畏惧睡眠，在他眼中，睡眠是次数有限的死亡体验行。他开始无法在房间入睡，无法在床上入睡，再后来，他终于找到了一个稍能让他安眠的地方，那就是衣柜。

“七喜，你一个人不会觉得很孤独吗？”

七喜无法向三三诉说他的恐惧与孤独，因为各人有各人的孤独，你觉得孤独是置身放学后空无一人的教室，头顶只有电扇不知疲倦地转啊转，他觉得孤独是看到大家欢庆节日过后散落满地的鞭炮纸，而我觉得孤独是在独居的深夜里，一口口喝下的那杯冰水。

你要知道，共情本就是这个世界的一大难事啊。所以七喜什么都没说。

6

但从那次以后，三三开始有意无意地亲近七喜了。谁说随便撒泼做梦、现世欢歌的女侠就不能有颗细腻心啊。她开始找七喜一起吃饭、自习、逃课、看演出，带七喜认识她的朋友，拉他一起做了很多彪彪的事。他们从好跑友变成了好饭友、好牌友、好学友、好战友。

太宰治说过:“胆小鬼连幸福都害怕，碰到棉花都会受伤。”七喜就经常觉得这一切都很虚幻，但他对三三还是羞涩地付出，克制地爱，唯诺地温柔。这是他的方式，不需要你知道，不想你有被爱的压力。压抑就压抑吧。都无所谓。只要能陪着你就好。

7

三三发现七喜身居衣柜这件事，是在一次野营时。七喜被三三拽去当音乐节的志愿者，当时七喜并不知道还要野营，就一口答应了。到那儿一看，满地的帐篷，一下子就蒙了。可来都来了，只好硬着头皮上。

半夜营地要求大家都熄灯，只有舞台区为了防盗是亮灯的。半夜三三出来上厕所，看到了坐在舞台边的七喜。

“你大半夜不睡觉，干吗呢，扮鬼啊?”

“睡不着。”

“哦，原来你扮演的是午夜忧郁的美男子。”

“不是，我只有在衣柜里才能睡着。”

“衣柜?!”

“嗯，是不是觉得我是个怪咖?”七喜低着头，三三看不清他的表情。

“不会啊，不过我想知道睡在衣柜里到底是什么感觉，除了一伸腿就会把脚趾头踢断，我实在是想不到别的。”

三三边说边在七喜身边坐了下来。

“就像是落雨的冬夜，走在回家的路上，远远就看到楼道里忽明忽灭的声控灯，到家一打开衣柜，那是一个和外面截然不同的世界，日出日落四季变幻都被拒之门外，仿佛里面满是烤红薯的香气，你躺进去，就像躺在云里，你就想啊，能睡到天荒地老就好了。”

“哇，你是提前背的中考满分作文吧，要么就是被什么文豪附体了，突然这么文采斐然。”

“扑哧”，七喜忍不住笑出声来，他知道三三在安慰他，在缓解他的不安和恐惧。

“唉，我陪你吧，谁让你是被我拽来的呢。”

于是，三三就陪着七喜坐在地上，给他讲了一夜她小时候的趣事。

七喜觉得他们仿佛置身全宇宙唯一的光亮下。世界是黑的，但他们有光。

8

结束志愿者活动后马上就进入了年尾，12 月 31 日那个晚上，三三找了一帮朋友去外滩看 4D 灯光秀一起跨年，当然也拉了七喜。

这绝对是一年中外滩人最多的时候，戴着兔耳朵的十八少女，叽叽喳喳的高中生，腻腻歪歪的情侣，还有成群结队的北欧小野狼，大家张袂成帷，摩肩接踵。在这种高密度的人群中，三三反而兴奋得不行，操着酒瓶一瓶接一瓶地喝。七喜完全不记得那晚的灯光秀有多精彩，烟火有多绚烂。声光色味中，兵荒马乱里，他的眼中只有三三，她就是有这样的魔力啊。会当身由己，婉转入江湖。七喜看着夜色在她身上消融，光亮在她身上还魂。

“你干吗一直盯着我看？”

“好看！”

“哈哈，你一定是喜欢我。”

七喜觉得三三大概是喝醉了，但他听着却很开心，像是心里在下彩虹糖。

零点过后，热闹退去，只有烟头、荧光棒、易拉罐堆了一地。大家都陆续撤离，七喜扶着醉醺醺的三三站在原地，人流从他们身边穿过，他们就像水中的暗礁，划开了浓重的夜色。

跨年的人都走得差不多了，方才还热闹无比的外滩一下子就冷清了下来，跟凌晨两三点的其他地方并没有什么不同。但三三的酒劲却上来了，赖在那儿怎么都不肯走，七喜拗不过她，只好一直陪着她。后来三三索性一屁股坐在地上，头靠着江边的栏杆，嘴里咕哝咕哝，居然睡过去了。

凌晨无人的街道，只有和风一起睡去的三三，在这样黏稠的黑夜里，七喜却感到了前所未有的平静和安全。那些钝重的惊惶仿佛都找到了地方收养。很久没有这样的感觉了，不用害怕会不会没有醒过来的明天，和三三在一起的感觉，像是赤足踩在冰凉的鹅卵石上，像是把手伸进米堆。哪怕是同整个世界对峙，都能无比心平气和。

七喜突然意识到，其实我们每个人都是罹患孤独症的病人，渴望拥抱、渴望温暖、渴望被爱，但来自你不爱之人的一个拥抱并不是得到救赎的出路，能够爱到自己想爱的人才是。

9

那天晚上，七喜做了个好长好长的梦。他梦到，他和三三睡在一张大床上，一张像海浪一样柔软的床上。三三轻轻的呼吸声就像是潮汐拍在浅滩上，她的胸膛是坚实的堤岸，她的手臂是余晖下的桅杆，而自己是一个在海上漂流了好久好久的人，终于在此时上了岸。

海女

她发现自己真的已经很久很久都没有下过海了，可海却一直在那里，一副从来没有背叛过她的样子。

沈银珠从轮渡的铁甲板上跳入海的时候，甲板上的铁块正因为海浪的冲击发出金属的钝响，波纹也刚好淌过附着在船身上藤壶的躯体，她听到船上的乘客扑闪着纷纷拥向围栏的声音，海水就在这个时候没过了她常年作疼的肩胛骨。

大家都说沈银珠疯了。

大冷天地往海里跳，也不是为了寻死，最后还是自己游上了岸。

“她水性好着呢，年轻时候可是海女嘞。”

都说她是被儿子的尿毒症给逼疯的。“大家都寻思着给她家捐点钱，她倒好，统统不要。”

医生说了，尿毒症也不是治不了，就直系亲属捐个肾的事儿。“你说说，自己的亲生儿子，捐个肾又死不了！这都不肯，我看沈家老太太这次是真疯了。”

沈银珠觉得自己大概也是真疯了吧，当然很多很多年前，她是从来没有想过这些的，那时候，她还是东海边众多海女中的一个。所谓海女，就是一群善泳，能够徒手潜水，来采集海带、淡菜、牡蛎、鲍鱼等海产品的人。她们是仰赖海水生存的“鱼群”，周身奔走着一团团海潮般的湿气，沟壑纵横的脸上镶嵌着长年不化的盐粒。

1

沈银珠嫁到柴岛那一年，才十七岁，正是额头上有月光抖动的年纪。沈家有七个孩子，沈银珠最大，长姐为母，为了供养最小的弟弟读书，沈银珠从十四岁便开始下海学习海女作业。不过这也没啥稀奇的，岛上的每户人家都是这样，似乎每个女儿都是专门为了儿子才出生的。

那时村里的媒婆王婶上门说媒，巴巴地拉着沈银珠的手，满嘴都是方家那儿子的好，年纪轻轻就当了船老大，风光得紧哟。只是沈银珠半句都没听进去，满心满眼都是王婶带来的说媒礼，一件水蓝色的的确良衬衣。那可是的确良衬衣啊，还是水蓝色的，沈银珠从小都没穿过一件真正意义上的新衣服，她想，再也不要每天穿潜水服了，天热起来的时候，穿着衬衣去集市，那得有多好看啊！

嫁来柴岛的第二年，沈银珠生了大女儿。自打她嫁来后就没有下过水，船老大的老婆哪里需要遭这种罪，平日里就操持操持家务、织织渔网，天热的时候，就做些石花冻挑去集市叫卖。岛上的居民都爱吃石花冻，每年两三月份采石花草，六七月份就可以做石花冻。天蒙蒙亮的时候，就要去扒长在海边石头上的石花草，扒回来的石花草用淡水洗净，除去沙砾，放太阳底下晒到发黄，放入锅内加水，添一勺白醋熬到黏稠，用漏勺垫纱布滤渣，吊入井里冷却。大热天舀一碗石花冻，放些糖水，一口溜下喉，浇灭了一身暑气，心子像吞了一口傍晚沁凉的海风，浮浮沉沉。

"珠子唉，好福气哟。"路上碰见隔壁邻里的嬷嬷婶婶，刚下海回来，一身简易潜水服巴在身上，张嘴一股子泥腥味儿。沈银珠就不好意思地笑笑，微微直一直身子，挑着石花冻继续往前走，只是脚下通往集市的路似乎要比往日短那么些许。

2

"珠子唉，好福气哟。"沈银珠生下第一个女儿的时候，听到大家都这么说。

"珠子唉，好福气哟。"沈银珠生下第二个女儿的时候，偶尔还是会有人这么说起。

"珠子唉，好福气哟。"沈银珠生下第三个女儿的时候，隐隐记得约莫是有人这么说过的了。

1978 年，改革开放，海女的生路却被封上了，因为工作性质的危险性，潜水作业遭到了取缔，那些老一辈的海女们并没有其他谋生的技能，于是，她们只好在近海边张网，在暗礁上捡螺，在滩涂里放笼，在钓竿前枯坐。

她们从徜徉海里的鱼群变成了扎根海边的海草，只是依然日日月月向海而生。

1978 年对沈银珠来说，还有一件大事，就是有了担生。据说怀担生的时候，沈银珠还天天腆着大肚子挑担上集市。某个下午，沈银珠正挑着担，倏然感到了一波阵痛。那个光在海面上一晃而过的下午，沈银珠生下了担生。因为是在担子旁生的，所以叫担生，方担生。

自从有了担生，街坊乡邻又有人开始大声地说："珠子唉，好福气哟！"

担生六岁那年，有人送了一铁罐饼干来，上海货，高级。

方方正正的铁罐子，四面画着时髦的月份牌女郎，细眉红唇，两颊淡胭脂，一溜的金锻短袖高衩旗袍，还有火钳烫的摩丝波浪头，个个扯唇轻笑，风情万种。

铁罐的上头，是个圆圆的封盖，"砰"地打开，橘红糕，油枣，蜜三刀，还有四毛七分钱一斤的奶油饼干，严严实实地码在罐子里。

方担生坐在桌旁，小小的个子要使劲才能够上桌面，他一手捧着饼干罐，一手抓着饼干往嘴里送，嘎嘣嘎嘣，簌啦簌啦，三个姐姐就站在旁边巴巴看着他，咕噜，咽下一口口水。

实在馋得不行了，就拿手指粘点掉在桌子上的饼干屑和糖粒，放到嘴边一舔，甜得哟。

3

1992 年的冬天，老方在一次出海时遭遇了海难，人没了。

是夜大雨，潦草的雨声从窗子溢进来，从墙缝溢进来，沈银珠的心也跟着涝了一地。

“卖石花冻怕是养不活四个孩子了。”

竹竿上晾的毛巾还没把夹着肥皂泡的水滴干，沈银珠就一咬牙甩干了湿漉漉的心，收起衬衫长裤，套上连体雨裤，跟着那些老海女们重新回到了滩涂。

傍晚的时候，大海开始涨潮。远处的天际明明灭灭，浪头尖叫着急切地往岸边赶来，空气中裹挟着一股风卷扬尘的寒气，沈银珠腰间绑着鱼篓，艰难地在滩涂上跋涉。等到潮水涨毕，黑魆魆的海面又再次回到了荡然无物的平静，仿若什么事都没有发生过。沈银珠站在岸边，嘴里喃喃：“真是狠心啊，能活人也能吃人哪。”

这是 1992 年的冬天傍晚，天色正是那种青，也是那种灰。

4

生活就是这样，有人要走，也总有人会来。方担生把江淑云带回家是在他高中辍学去当了五年兵，退役后又南下打工了两年之后。

江淑云喜欢打牌，天天打。喜欢烫发，满头火树银花。喜欢吃，虽然她叫云，但却是根本飘不起来的那种。可有什么办法，儿子喜欢有什么办法。

江淑云嫁来方家后就再也没出去工作过一天。“妈，给言言换下尿布。”“妈，言言又在哭了。”“妈，奶喂了吗？”说这些话的时候，沈银珠看到江淑云的肚皮抖了抖，里面像是藏了八百个白面大馒头。

以前是每天四点起，要赶在涨潮前把虾笼蟹笼在滩涂上放好。现在就是弹性起床制了，只要孩子一哭，沈银珠就得军事起床，立马把言言抱在怀里拍啊哄啊。凌晨两三点的房间里，沈银珠焦头烂额地像个陀螺，一回头，江淑云正睡得香，她胖胖地卧在床上，像一座庞大而安静的山。

至于方言言，原本是不叫这个名字的。别人家的小娃娃一周岁多的时候，就要开始奶声奶气咿咿呀呀地叫唤了，但沈银珠家的孙女就是嘴巴上了锁，八棍子打不出个屁来。岛上的神婆说了，这是名字不对，得改名，这不就改叫“言言”了嘛。但等到三岁，还是没等到言言开口叫一声妈妈，抱去大医院一检查，先天聋哑，医不好。

言言四岁了，得上幼儿园，沈银珠骑着三轮车把孩子送去岛上唯一的幼儿园。言言哭得声嘶力竭，气都喘不上来。沈银珠心疼得紧，一边抱着孩子一边说：“奶奶在呢，言言不哭，奶奶晚上就来接你。”先天聋哑大都是因为听力障碍，听不见声音所以才不能学说话。沈银珠在那里一遍一遍不停地说，一遍比一遍急，一遍比一遍大声。但言言什么都听不到，还是害怕得大哭。不知道说了几遍之后，沈银珠突然停了下来，那一瞬间，沈银珠第一次觉得自己是那么那么的没用。

后来，沈银珠把言言放在了自己的三轮车后座上，她骑过一个陡陡的斜坡，骑过江淑云每日打牌的小店，骑过一个长长的海塘，骑到柴岛另一端的码头。然后带着言言坐四十多分钟的轮渡，到岛外，去上专门的聋哑学校。

5

生活不好过，大海便也跟着冷酷起来。这些年，沈银珠越发觉得春夏很短，秋天却拉拉扯扯过不去。站在大海的面前，悲伤永远是太轻浮的东西，而活着，也不过是背负着抵挡不了的无常行走。

起初方担生也只是觉得腰老疼，岛上诊所的赤脚大夫说这是得了慢性肾炎。连翘、半枝莲、鱼腥草各两钱，丹参、大黄各一钱。水煎服，每日一剂，日服两次。

每天早上六点和下午四点是沈银珠站在灶前的煎药时间，浸泡，加水，煮沸，慢煎，药液沸腾后要用筷子撑起锅盖排蒸汽，中途要搅拌三四次，煮剩的药渣要倒到大马路中间，说是被过路人踩一踩，病就好了。可方担生就这么吃了好几个月，没见好转，反而时不时开始拉肚子，呕吐，什么也吃不下。整个人瘦成了滩涂边嶙峋的礁石，脸色浑浊得像桌上那碗隔夜的稀饭。

方担生身子不好之后江淑云就提出分房睡了，说是怕过了病气。她每天还是花枝招展地出门打牌，牌桌下，粗壮的膝盖顶着对面男人，厮磨，更加明目张胆地。

“你说老方家那儿子得的是什么病啊，你看他媳妇儿那样儿。”

“听说是肾病，肾不好呗。”慢慢地，越来越多姑姑婆婆开始聚在一起窃窃私语，神色暧昧。

江淑云离开方家那天，沈银珠还在煎药，整个房间腻在一团药气里，家里用来煎药的陶罐子豁了一个大口子，也不知这口子是豁在陶罐上，还是沈银珠心头上。

6

方担生越病越重，但小地方的人，能抗，实在抗不住了才去大医院看。“你儿子得的是尿毒症，并不是什么慢性肾炎。”

沈银珠拿着看不懂的检查报告站在医院的走廊里，刚才医生的话让她恍惚间觉得是自己听错了，但那三个字，还是那么清晰，那么冷静地锤在了心头，她站了好久好久，一动不动，身子比高压电线绷得紧。

“担生，咱这也不是不治之症，医生说换肾就能好，换肾就能好，放心，妈一定会治好你的，放心。”

换肾，由两个四声前鼻音组成的动词词组，但展开来就是买肾源加上手术，随随便便就要十几万。哪里拿得出这么多钱？三个嫁出去的女儿自个儿生活境况也不好；让乡亲捐钱，可又能捐多少？那些皱皱的纸票，也只是沉甸甸的无济于事的纸票。眼下还有一条路，就是等待奇迹的出现，奇迹这个东西嘛，沈银珠还是相信它是存在的，只不过同时也相信自己没福气消受罢了。

方担生，方言言，终于全部都落到了沈银珠一个人的身上。除了滩涂捕捞，沈银珠又揽了好几份零工。傍晚涨潮的时候，沈银珠就站在岸边想，为什么大海每天都要涨潮呢？大概自己每天憋回去的眼泪都流到了大海里，大海装不下了，所以才会涨潮吧。

7

柴岛上的乡亲都知道老沈家的这些事儿，这些虽不幸却又如此平常的事儿。但生活的另外一些细节往往不会浮出水面，它们是潜藏在海底的暗涌，庞大却看不见，只能让亲历者默默独自吞咽。

肾源这东西虽说贵，但也不一定要买吧，直系亲属的肾源匹配率这么高，直接移植一个才是最好的办法。

方担生查出尿毒症的当天下午，沈银珠就独自坐轮渡去了另外一个岛上的人家，一户生了四个儿子和一个小女儿的人家。沈银珠跪在那对夫妻面前，求他们救救她的儿子。

“珠子唉，我知道你难，可我们家老头的身体也不好，我怕他受不住啊。况且，移植了也不一定能痊愈，对不对？”

湿滑的水泥地早已开裂，硌得膝盖生疼，沈银珠就这么像在地上生了根似的跪着，她心里明白，自己没有办法要求这对夫妻对生下来却没有养育过一天的孩子做出什么牺牲，所以她只能这么跪着，嘴唇抿得紧紧，像是要把什么抿碎。

“珠子唉，是我们对不住你。”

8

回家的轮渡上，沈银珠站在围栏边，天气出乎意料地好，阴郁的秋日突然开了特别大的太阳，早已脱漆的铁甲板在阳光的照射下显得有些晃眼，船舱的嘈杂声也显得格外具体，沈银珠闻到有一阵海浪的腥味闯入鼻子，带着低沉又暴力的熟悉感，这突然让她想起了自己刚生下第四个女儿时的心情，那时候，刚生产完的她瘫坐在床上，像一块湿漉漉的海绵，没有一点点的欣喜，她害怕，害怕被流言切碎，害怕眼下的幸福生活会因为这个女儿的出生而被杀死。但是幸好，幸好接生婆告诉她，那户刚生下了第五个儿子的人家也正愁着怎么养活孩子。一个皆大欢喜的选择摆在他们面前，那个时候，他们都庆幸地觉得未来会是最好的日子了。

然而此时此刻，站在甲板上的沈银珠又再一次被这熟悉的冲击感击中，拥挤的船舱令她感到眩晕，她想要暂时逃去什么地方避一避，这次她的脑海中浮现出了黄昏中的滩涂，尖叫的浪头和那件搁置已久的潜水服，她发现自己真的已经很久很久都没有下过海了，可海却一直在那里，一副从来没有背叛过她的样子。

沈银珠从轮渡的铁甲板上跳入海的时候，甲板上的铁块正因为海浪的冲击发出金属的钝响，波纹也刚好淌过附着在船身上藤壶的躯体，她听到船上的乘客扑闪着纷纷拥向围栏的声音，海水就在这个时候没过了她常年作疼的肩胛骨。

而她，也在这一瞬间决定，决定永远地吞下这个秘密。

（根据真实故事改编）

上帝

—

我可以随时

让你从我的世界

消失

只要我设置

不看你的朋友圈

我的女友宋会瞧

对一个人开放朋友圈，就相当于允许他进入你的灵魂。

是的，我脱单了。

北京时间七点整，伴随着新闻联播熟悉的开场音乐，我的手机“噔零”一声，收到一条消息，“对方已通过你的好友请求”。我抬头看了一眼电视，屏幕上的地球还在转，但我觉得它在硬撑，毕竟刚失去了本星球最帅单身汉，就算是地球，也很难不崩溃。

1

说起我和我女朋友的爱情故事，还得追溯到遥远的两个小时前。那时候，我正在一个熙熙攘攘的地铁站，穿着尊贵的“拿破仑”西装（制服），牵着我威风凛凛的藏獒爱宠（警犬小黄），巡逻。身为一个风流的军阀（辅警），我有一个职责，就是洞察每个人最不为人知的丑陋一面（查身份证）。

我女朋友就是在这个时候走向我的，她穿着一条绿底白花的裙子，远看有点儿像一瓶 AD 钙奶，只不过 AD 钙奶没有她这样风尘仆仆的胸脯。但这些又有什么重要的呢？总之我一眼就爱上她了。说时迟那时快，在她快要与我擦肩而过的时候，我动用了霸道军阀的特权。

“小姐，身份证拿出来检查一下。”

她当时就被我帅愣了一下。

身份证上写着：“宋慧芳，1988年8月8日”。嗯，二十八岁，狮子座，跟我很配，而且这么多8，恐怕很旺夫。

“电话号码留一下，要做记录，最好把微信也留一下，方便回访。”

就这样，我拿到了她的微信号，并在第一时间发送了好友请求。至于慧芳怎么过了两个小时才通过验证，想必在这段时间里，她的内心也在经历一些苦痛挣扎吧，可能是因为太激动而摔坏了手机，或者是因为手指太过兴奋而颤抖得无法点击屏幕。毕竟列宁曾说过，对一个人开放朋友圈，就相当于允许他进入你的灵魂。

2

恋爱的第一步就是深入了解彼此。

伴随着电视里“下面请看一组简讯”的播报声，我在沙发上坐定，怀着村支书上台发表重要讲话的虔诚心情，小心翼翼地点开了她的头像。

她的网名叫作“宋会瞧”。宋慧芳，宋会瞧，总觉得有种莫名的熟悉感，我没有细想，可能这就是所谓的前世情缘。

头像简洁大方，是一只精美的表，似乎在暗示些什么，大概她是一个珍惜时间的人吧。

这时候我突然想到灵魂的交流总是双向的，此时此刻她一定也在阅读我的朋友圈，我的胸口不由迸发出一种高等强度的激动，不过随之而来的是更大强度的担忧，我不禁三省吾身起来。“我的网名 low 吗？我的头像丑吗？我的朋友圈有没有什么东西需要删？”

一想到这，我立马退出了会瞧的朋友圈，点进自己的主页。“追风大魔王”，虽说有那么些嚣张，又有那么些不羁，但总觉得少了点尊贵之气。思索片刻，我把名字改成了“德·阿尔法·贝塔·伽马”，嗯，法国皇室的感觉。头像挺好，但为了跟会瞧变成情侣头像，我还是换了一张时钟的图片。至于朋友圈，粗粗浏览一遍，全方位多角度显示了我的精神面貌，没有太大问题，但我还是顺手删了几张前段时间发的安妮·海瑟薇的照片，要知道如果被宋会瞧误会这是我女朋友，那可就麻烦了。

整顿完毕，我又小心检查了一遍，确定一切都处在最完美状态后，我又一次点开了会瞧的朋友圈。

3

宋会瞧最新的朋友圈更新于今天下午四点五十分，距今不到三小时，一张刚出炉热气腾腾的自拍——她站在路边，围着大围巾，手捧一杯咖啡，神情自然，眼角含情。配文：寒流来袭，我又能拥抱谁？看到这，我的内心不禁发出一阵窃笑，恐怕那时候她还想都不敢想，自己会如此幸运在几十分钟后就遇到那个可以拥抱的人吧。

我的手指轻轻下滑，划过屏幕上的她的脸，指腹轻触着略带些许凉意的液晶屏，竟有种触电般的感觉，好像此时此刻我抚摸的并不是会瞧的朋友圈，而是她的身体，还有她风尘仆仆的胸脯。

一想到这，我俊俏的脸蛋上不由泛上了几抹红晕，但好在我及时深吸了一口气，强行压制住了体内翻滚的洪荒之力，才能勉强继续往下翻阅。

2015 年 11 月 25 号 19 点 37 分："今天第一次做川菜，水煮鱼，口水鸡，双椒牛肉粒，美味！"配图三张，张张热辣诱人。我有点眩晕了，她怎么知道我喜欢四川料理的，难道这就是所谓天赐的缘分？一直以来，我都觉得只有在"吃"这件事上能达成共识的人才配被称为 soul mate。单从这个角度看，我和会瞧就配极了。我甚至开始搜肠刮肚想一些成语，比如"入口即化""油而不腻""回味无穷"，以备今后会瞧做饭给我吃的时候可以在第一时间大肆夸奖她一番。

4

我越刷越开心，还时不时发出一阵由衷的笑声。这恋爱的感觉让我上瘾，我在心里给这种深入心灵的恋爱仪式取了个名，叫作"在云端"。但毕竟不是每个人都是云端的仙女，这样的"云恋爱"也不是每个人都懂，比如跟我同科室的张大强。

张大强很不屑我这样的云恋爱，当然我觉得他这是嫉妒。每天他都会在我耳边叨逼叨：“谈恋爱当然要把人家约出去吃饭，看电影，不然怎么知道彼此合不合适嘛！”我只好在心里暗暗冷笑，试问有哪个互联网新新人类还在做这样老土的事儿。

“大强啊，你没文化我不怪你，但我们是现代人唉，互联网！大数据！懂不懂？你用微信微博干吗？不就是为了打开一个让别人快速又全面了解你的通道嘛。”

在我看来，张大强就跟那些喜欢发超长微信语音，拔U盘前还要点击“安全拔出”的人一样，净瞎折腾，浪费生命！

“不是我说，你等着看，未来的恋爱模式还会进一步简化，到时候，就不是新郎新娘交换戒指了，恐怕得变成新郎新娘交换朋友圈！”

年轻人要是不懂与时俱进，是注定要被时代淘汰的。你看张大强，至今还单身。虽说谈过几任女朋友，约会旅行，送礼谈心，样样不落，但最后还不是都没成，耗费了大量金钱、时间，结果被人家一句“你一点都不懂我”给堵回来了。

这就是活生生的例子，看看他，再看看我，分文未花，却已经开始跟女朋友深入了解对方灵魂了，我就觉得我挺了解会瞧的。俗话说得好啊：“朋友圈都看了，结婚还会远吗？”

5

但人还是不能太得意的，就在我沾沾自喜的时候，突然刷到了2015年6月份的一条：“陈陈，不管你去了哪里，你都要知道我永远爱你。”

我的脑子“轰”的一声就炸了，这个“陈陈”是谁？是她难以忘怀的前男友吗？他们是不是至今仍然藕断丝连？陈陈会不会比我帅比我更优秀？我还能取代陈陈在她心中的地位吗？……一下子有500个问题同时出现在我脑海，但我却找不到一个答案。我的脑子就像一个突然加速运行的CPU，因为不堪重负而直接卡机了，是的，此时我的脑海一片空白。我瘫坐在沙发上，只有电视还在播放：“下面请看本台记者从前方发来的报道。”

我就这样失去我的会瞧了吗？可我忘不了她从我身边走过时的羞赧神情，忘不了她掏身份证时的一颦一动，忘不了她的围巾、咖啡，忘不了她的双椒牛肉。难过了几分钟，我委屈地吸吸鼻子，决定最后再看一眼她的朋友圈，然后默默跟她道别，从此各自天涯。

就在我继续往下划了大概21.7厘米之后，“陈陈”这个伤人的词又出现了，我的内心是很抗拒的，毕竟这是我所有悲痛的来源，所以我决定闭上眼睛跳过这条朋友圈。但就在我快要闭上眼的时候，恍惚间好像看到了一张配图，貌似是个毛茸茸的不明物体，是玩具，还是动物？不对！是猫！我一个激灵，马上把眼睛睁得巨大，定睛一看，果然是猫。原来，陈陈不是前男友，是只猫！我又快速地往下划了划，这才发现，陈陈是宋会瞧养的宠物猫，但这只猫在去年6月份的时候不幸去世了，会瞧很难过，才发了那条朋友圈。

6

是我错怪了我的女朋友，原来她不仅是个专一的人，还是一个喜欢小动物、很有爱心的人。她可真好呀，我都觉得自己有点儿配不上她了，为了消除这份不安，我开始在心里默默盘算自己的优秀品质，坐怀不乱、拾金不昧之类的品质我应该都是有的，只不过因为没有美女投怀送抱，地上也没有黄金给我捡，我的这些品质才会被白白埋没了。嗯，这样一想，我又充满了信心，我跟会瞧还是挺配的嘛。

刷完会瞧朋友圈的时候电视里的记者还在前方报道，我在心里暗下决心，要跟会瞧好好规划一下我们的未来，想必她看了我的朋友圈后也一定对我很满意。

于是我打开聊天界面，用微微汗湿的手轻颤着打下："会瞧，你这么久没给我发消息，想必也是看我朋友圈去了，我觉得我们俩挺合适的，既然在茫茫人海中遇到了彼此，就要好好珍惜。我是这样打算的，如果我们下周领证的话，2 月份就能把婚礼办了，这样还来得及生一个猴年的宝宝，你觉得怎么样？"

编辑完毕，发送。"噔零"，收到一条秒回消息。

"对方已经开启了好友验证，你还不是 ta 的好友，请先发送验证请求。"

这下我是彻底蒙了，像是吃了 800 个白煮蛋一句话都说不出来，好在我的蒙逼状态没有持续多久，手机就响了起来。我回过神，是大强。

“大强，我失恋了。”像抓住一根救命稻草一样，我亟需大强给我点安慰。

“你啥时候恋爱的，跟谁啊，我咋不知道呢？”

“不就是下午咱们巡逻时碰到的那个宋慧芳嘛。”

“扯犊子呢，人早就结婚了。”

“瞎说啥呢，我看了她朋友圈，可一点没说她已经结婚的事儿啊！”

“真的，我看过她户籍资料，让你下班溜得早，我说你啊，别看朋友圈好像啥都能看到，其实啥都看不到。”

7

大强在说什么我已经听不进了，我的脑海里只萦绕着几个字“结婚了，结婚了……”

这个宋慧芳真是个骗子！我可是连今天抢到一把打折的韭菜都会把这份喜悦分享在朋友圈的，她怎么连结婚这么大的事儿都不分享出来，这不明摆着特意出来耽误我这样的大好青年吗！刚刚我居然还在担心是不是自己哪做错了，她才删了我。这样看来，我是完全没错的，错的是她。

现在我已经完全释然了，对于这段感情的逝去，海鸟和鱼相爱，只是一场意外。唯一让我不爽的是被单删也太没面子了，不行，我得把她也删了才能挽回我丢失的尊严。于是，我点开她的头像，还是那个熟悉的表，但这次我已经不觉得她是个珍惜时间的人了。“表，果然是表，还真是人如其头像呢。”我恶狠狠地想。

我点下删除联系人那个键的时候，新闻联播刚刚结束，主持人正在收稿纸。而我的爱情也这样结束了，在北京时间七点三十分整。

最后一粒米

自己这辈子恐怕是跟做一个伟大的人无缘了，于是她决定，那就做一个胃大的人吧！

偌大的场馆里，比赛已经进入了最后的阶段，胜负却依旧悬而未决。

一千瓦的巨大镁光灯照射着在场每个人身上的毛孔，活生生给逼出了好几斤汗。

主席台上的评委已经紧张难耐地抖起了腿，二八拍的。

至于观众席上的各位观众，更是难以克制，鸭脖子越伸越长，头再凑得近一点恐怕都要跟台上的选手们接吻了。

还有在手机前守着这场比赛的场外观众，焦急地在手机上噼里啪啦地敲打各种评论。

大屏幕上的评论数噌噌地往上跳，比杀毒软件扫描文件时的数据跳得还快。

赛场上的李粉红此时已经到达了生理的极限，她感到自己浑身的肌肉都在抽搐，主持人说话的声波震得她好疼。她的思绪有些混沌，脑子像被人勾了芡一样无法思考。然而，为了最后的胜利，她仍在坚持，用尽最后一丝力气拼搏。汗水从她的两颊流下来，"啪嗒"一声，滴在李粉红面前的那个盆子里，滴在最后那一粒米的旁边。

1

这是一年一度的吃搏会决赛现场。李粉红，作为今年各大直播平台上最炙手可热的吃播博主，要对去年的吃博会冠军进行挑战。

如果挑战成功，她就能获得接下来一年在各大直播平台上的首页推荐权，拿下500个食品代言，成为全民偶像，并因为对人类生理极限的再次刷新而被载入生物学的史册，从此名垂千古。

作为这样一场“让历史铭记这一刻，让世界铭记这一回”的年度盛会，今年吃博会的挑战项目是“在最短时间内吃完20公斤米饭”，简而言之就是谁先吃完谁就赢。此时此刻，比赛已经进行了一个小时四十分钟，场上的两人再次打成了平局——都只剩下了最后一粒米。

李粉红的心里还是有些许欣慰的，毕竟在比赛的上半局，自己一直都处于下风。对手太原希子实在是过分强大，可以说不是人，而是一个兢兢业业的吸尘器。

没人知道太原希子真名叫什么，来自哪里，就像没有人知道李粉红其实是叫李芬一样，但她觉得“李粉红”这个名字更好一些，很甜美很水晶，一听就会走红。李粉红暗暗猜测太原希子是个山西人，因为据说她在每次比赛前都要随身携带一瓶醋，只要有了醋，就没有她吃不下的东西。当然，今天她也带了，但或许是因为醋占用了她太多的胃部空间，导致她在下半场就明显力不从心了起来。

比赛进行到一大半的时候，李粉红曾偷瞄过太原希子，当时太原希子已经吃得很艰难了，每吃一口都好像她的银行卡里会莫名少掉一千块一样。可那时李粉红还体力尚存精神抖擞着呢，她轻蔑地瞥了瞥希子，连拿饭勺的手指都忍不住轻盈了起来，还在心里暗暗哂笑了三声。

当然现在，她是怎么都笑不出来了，生死攸关的最后一粒米，正静静等待着她们俩谁能先张开嘴。

2

李粉红能吃，从小就很能吃。别人家的妈妈打自家小孩的时候，都骂："你个小兔崽子！"只有李粉红的妈妈，边打边骂："你个高压锅成精，整天只知道吃吃吃！"从那时候起，李粉红就知道，自己这辈子恐怕是跟做一个伟大的人无缘了，于是她决定，那就做一个胃大的人吧！

李粉红长得不丑，甚至还有一丝丝甜美，但真的只是一丝丝，跟香菇鸡肉粥里的鸡肉一样多。李粉红的成绩也不算好，各方面的水准都跟她的胸部一样平平。

这样的李粉红，是从来没有妄想过自己能被别人在人群中多看一眼，就没忘掉她容颜的。或许是她这样黯淡又丧气的想法不小心被命运听到了，命运便霸道地把她逼到墙角，捏住她的下巴："我不许你这样说自己！"

就这样，李粉红在大二的某个早晨在学校食堂迎来了人生中第一次万众瞩目的时刻。"天啊，李粉红已经吃了十个包子了，好厉害啊。"随着对面同学的这声惊呼，整个食堂的几百双眼睛都齐刷刷黏到了李粉红的身上。

起初李粉红还是有些许羞赧的，但她马上不动声色地把这份羞赧连着还堵在喉咙的那口包子一块儿咽了下去，装作一副云淡风轻的样子不屑地说："这有啥呀，我还能再吃十个呢。"

大家一听，立马表现得非常像个热心观众，从椅子上弹起来起哄："快吃快吃，李粉红你太厉害了！"此时的李粉红，就像个刚戴上红领巾的小学生一样骄傲。

在一片掌声与惊呼声中，又十个包子，轻滑入肚。

动物学家说，人类如果因为某件事情，而意外受到了别人的关注，就会开始不停强调放大这件事，比如丑啊，能吃啊，甚至是睡不着。

李粉红之前也是不能理解朋友圈那些每天一到一两点就开始哀号"又失眠啦"的人，每次刷到这样的状态，她都会轻蔑地在心里 rap 一句："你睡不着，你厉害，你这么厉害，怎么不去便利店上夜班？"

但走上吃播博主这条星途之后，李粉红便渐渐觉得也没啥好奇怪的了。

毕竟那些平常可是连在坐地铁的时候等别人下完车再往上挤的耐心都没有的人，却能花好几个小时心平气和岁月静好地对着手机看别人把一碗饭慢慢吃完。试问这样的动物，还有什么事是做不出来的呢？

3

李粉红能吃，但能吃跟喜欢吃是两码事，喜欢吃和热爱吃又是两码事。对于李粉红来说，大多数时候，“吃”和“享受”是没有什么联系，当然也可以很有联系，比如在“展示”它的时候。

每次一面对手机屏幕，李粉红就不再是那个简简单单的高压锅精了，而是变成了奥斯卡影后，相声十级选手，怎么吃口红都不会掉的甜美女孩，当然，李粉红给自己的终极定位是“饥饿艺术家”。她打心底里觉得自己跟那些靠袒胸露乳来博取关注的直播博主是不一样的。

她曾有过一个室友，是个小有名气的直播网红，就是你们想的那种摄像头微笑天使。

有次，她俩住的那栋公寓着火，警报刺啦刺啦响起的时候，微笑天使刚洗完澡准备吹头发。一听到火灾警报，微笑天使都快吓哭了，她一边看着楼底下黑压压的围观群众，一边大叫：“怎么办啊，着火了！楼下这么多人呢，难道大家都要看到我的素颜了吗？”

还好那次火灾被及时扑灭了，因为素颜而不敢逃命的微笑天使最终也安然无恙。但经过这件事儿，李粉红觉得自己有必要重新审视一下她俩的关系，思索一番后，她毅然决然地搬离了那栋公寓。

李粉红一直都不太理解这位前任室友，直到自己也在网上走红后的某一天。

那天下暴雨，李粉红撑着伞艰难地走在雨中，突然天上出现一道闪电，下意识地，李粉红颔首把双下巴一收，对着天空挤出了一个餍饱后的满足之笑。等她反应过来，才发觉自己把闪电错当成了闪光灯。

那一瞬间，李粉红似乎参悟了那个“素颜猛于火”的道理。这样的条件反射是多么可贵啊，恰恰反映出了自己的室友无时无刻不在准备着将最美好的一面展示给大众的职人精神。都怪自己后知后觉，才错怪了微笑天使这么多年。

李粉红也想过跟她道个歉重修旧好，但无奈怎么都找不到微笑天使的联系方式，搜遍了整个互联网也未果。毕竟在网络时代，那些不红了的博主就会跟蒸发了似的销声匿迹，不知道的人还以为他们死了呢，但好像“过气”和“死了”也并没什么差别。

4

一想到“过气”，李粉红的胃又忍不住抽搐了一下。她觉得自己的肚子就像是个装满水的橡皮球，下一秒钟就要脱离她的身体，蹦跶蹦跶跑向远方。

李粉红想，它大概是想蹦去一片海洋吧，然后在那里倾倒所有苦水，由此得到一次身体与心灵的巨大净化与释放。李粉红越想越难受：“好好的肚子怎么就变成了个文艺青年呢？”

想着想着时间又过去了七分半，她和太原希子却依旧都没有任何动作，她们保持着非常一致的姿势，一动不动地屏息凝神，仿佛在积蓄一股力量，等待着把那最后一粒米拆吞入腹的时刻。

李粉红觉得有必要给自己打打气了，她艰难地把自己早已被泪水黏起来的上下眼皮挤开了一条缝，看了眼正前方那句硕大鲜红的吃搏会口号——“勿以胃小而不为”。多么振奋，多么励志，多么感人的体育竞技精神。

在如此具有挑逗性的口号感召下，李粉红有些许被打动了。终于，她深吸一口气，用念力撬开了自己的牙齿缝，嘴巴微张出了一个大约5度的小口。她用勺子拨起了那最后一粒米，正准备往嘴里送。

突然之间，她的脑海中闪现出一个场景，那是在一次吃播过后，李粉红刚关上摄像头，就没忍住喷出了大团大团还没来得及消化的“食物”，准确来讲，是“喷射”。吐完后的李粉红还直不起身，紧捂肚子瞠视着眼前这堆飞溅得到处都是的糊状物体，泪眼蒙眬，那瞬间，她觉得自己好像个用内力逼出身上剧毒的武林高手。

虽然这是李粉红此生中最接近英雄的时刻。但在这样的场合下回忆起来，却让李粉红隐隐有了一种不祥的预感。她察觉到，如果自己吃下了这粒米，很有可能就会像上次那样狂吐不止。但问题是，今天并没有摄像头可关，现场直播，万众瞩目。“这实在是太可怕了。”李粉红被吓得立马闭上了好不容易才张开的嘴巴，手里的勺子也顿时滑落了。

李粉红有些许丧气，她又悄悄瞄了一眼旁边的太原希子。希子依旧垂着头一动不动，看上去十分疲倦。厚厚的刘海遮住了她脸上的表情，但能明显感觉得出来，只要再动一下，她整个人就会从胃开始炸成一朵烟花。

看样子太原希子是怎么都吃不动了，毕竟她都已经连偷瞄自己的力气都没了。但李粉红又转念一想，这可能是太原希子故意演出来麻痹自己的。要知道，太原希子可是出了名的诡计多端。

5

以前的吃播播主顶多就是吃饭的时候唠嗑卖萌讲相声，但太原希子为了抢收视率，硬是发明了“托马斯旋转 1080 度落地吃蛋糕”“边唱 rap 边吃面”“叼热狗肠接力跑”等花样吃播节目。一时间，吸走了各大直播平台上九成的收视率。

为了不惨遭严酷的市场淘汰，李粉红不得不开始发奋图强，求是创新。

在精准地分析了观众的心理后，她决定跟自己的男朋友联袂推出“秀恩爱吃播节目”。对于李粉红来说，谈恋爱和吃一样，都是可以很“享受”，特别是在需要“展示”它们的时候。

李粉红和男朋友的第一档节目是“飞机场离别前的炸鸡”。简而言之就是李粉红为将要前往另一个城市出差的男朋友送行，然后他们在边亲吻边拥抱边缠绵的同时吃完 10 盒炸鸡。

像这样又油又腻的节目一看就是大家的最爱。但李粉红万万没想到，那天飞机晚点了三次，加起来整整有五个小时。

炸鸡早已吃光不说，拥抱亲吻过后，还要被迫擦干眼泪重新亲一次。这太尴尬了，一种中产式的尴尬，已经远远超过了在极其安静的电梯里戴着耳机听声音巨大的迪士高，整个电梯的人都被迫跟着你听然而你却毫不知情的那种尴尬。

虽然那期吃播确实红了，但却是被归类到了“搞笑直播”，而不是“美食直播”。这让李粉红大受打击，她甚至为此停更了整整一周。更可气的是，李粉红发现太原希子还给那期直播点了赞，这在李粉红看来简直就是公然的挑衅啊！李粉红越想越气，哪怕是撑吐，自己也不能输给这样的人哪！

6

李粉红现在算是明白了，什么正能量伟大精神激励法都是扯淡，真正能激励人奋发向上的，永远是嫉妒、憎恨这些看起来似乎不太好的东西。

现在的李粉红浑身充满了力量，她坚定地拿起勺子，动作果决利落，舀起最后一粒米，张开嘴巴。

米送入嘴，李粉红赢了。

可就在李粉红刚吃下最后一粒米的瞬间，她听到有人突然惊叫一声：“太原希子好像撑死了！”

一时间，人群像洪水一样拥向了太原希子。有人忙着拍照，有人赶紧写公众号追热点，甚至有人已经把太原希子未吃完的那粒米高价挂到了网上拍卖。大屏幕上的数字不停往上跳，各大直播平台的观看人数早已达到了史上之最。

但没有一个人注意到还坐在一旁的李粉红，今年的吃博会冠军李粉红。

影子星球上的第一朵气球花

地球上的人都以为地球才是宇宙中最美丽的星球，其他的星球呢，全都是荒凉的残骸。

1

在距离地球 4252 千米的地方，大约是三分之一地球直径距离的地方，有一个小小的影子星球。

“那我们地球上的人怎么从来都没有发现过这颗影子星球啊？”艾绯坐在我身边的小乌云上歪头看着我，她头顶的橘黄色小鬈发在太阳风的吹拂下倒向几个不同的方向，活像是一个被剥开的小橘子。其实一分钟前我还觉得她的发型更像是厨房里的清洁球哩。

“哪，你现在站起来，转个身。哎呀，快转呀！嗯，你能完全看清自己身后的影子吗？不能吧，更何况像地球这么蠢的老头子，怎么可能发现得了嘛！”

“萨玛，你说得好像真的是很有道理诶。”

艾绯又歪着头看我了，像一只路上捡来的笨笨的小狗。“原来地球上的女孩子都是这个样子的哦。”说实话，在艾绯之前，我从来没有见过任何一个来自地球的人类。

我从小就住在影子星球上，每天的工作是负责给地球开灯、关灯，让地球上的人类拥有一半的白天和一半的黑夜。大多数时候，我还需要走上一个长长的扶梯，把月球升到空中。就像地球上的小学生升国旗那样，当然，升月亮要比升国旗辛苦得多，因为很多人都不知道，其实月亮是一颗泪滴，一颗巨大透明的泪滴。

月亮为什么是颗泪滴呢，那是另外一个很长很长的故事了，以后有机会再说吧。

总之，影子星球上的生活还是很惬意的，这里不像险峻的菠萝星球，走在路上一不小心就会被尖锐的凸起伤到。影子星球是一个软绵绵的星球，蹦得用力一点，说不定就会陷进地里面。它有很多很多层，像波板糖或是千层蛋糕一样的东西，听说星球的最里面一层是一块巨大透明的冰块，但我从来没有亲眼见过。

我们这个星球的居民喜欢豢养星星，就像地球上的人类养猫一样，不一样的是，我们对待星星的方式是比较残暴的。无聊的时候我们会打星星玩，类似于地球上的人打保龄球、打乒乓球，但技术不好的人，经常把星星打飞出去好远好远，于是地球上的人就看到了流星。

哦，还有闪电，那是我们拍照的时候忘了关闪光灯啦。

至于那些不太听话的小星星，就会被流放到地球，有些变成萤火虫，有些变成了钻石，还有一些比较亮的，则变成了爱人的眼睛。

总之就是这样，在碰到艾绯之前，我每天的生活大概就是开灯、关灯、升月亮、打星星。但自从有了艾绯，我们突然有了更加重要的事情要做。

2

我问过艾绯很多次，她是怎么突然跑到影子星球上的。

“因为我打了一个大喷嚏啊，那个喷嚏实在是太大了，我眼睛都睁不开，整个人都被弹飞了起来，等我睁开眼睛的时候，就已经在这里了啊。”艾绯说话的时候还是照旧歪着头看我，眨巴着大大的眼睛，好像比我豢养的最亮的那颗星星还要亮。

反正，艾绯就是这样莫名其妙地来到影子星球上的。但听说，地球人只要来到影子星球，很快，屁股后面就会长出一朵巨大的气球花，气球花开的时候，宇宙中便会刮起一阵巨大的太阳风，然后气球花就会带着艾绯飞上天空，然后重新飞回地球。

可艾绯并不想回到地球，她跟我一样非常喜欢这里。我想，大概是因为在影子星球上能看到波光粼粼的银河滩，像是加了低饱和度滤镜般的暖粉色星云，还能伸手捞到摸上去清凉的，如同山间泉水一般的星星。

但是乔却说，艾绯是因为喜欢我才不愿意离开影子星球。

“不然，她看你的时候眼睛怎么会这么亮呢？”乔一边说一边把手边的伏特加递给我。

乔是我的好朋友，也是我们星球上最帅的男孩子。他长了半张脸，对，就是只有一半，剩下的一半是留白。他的好看就像是一个没有结局的故事、一首没有后半句的诗歌那样的好看。我想艾绯要是喜欢的话，也应该喜欢乔才对啊。

乔是一个咖啡师，每天都要去银河提牛奶用来加在各种咖啡里。众所周知，银河的牛奶是宇宙中最好的纯天然食品，它的下层是全脂奶，中间是半脱脂奶，最上层是脱脂奶。当然，这是很多人所以为的，事实上，银河里还藏着酒，在下层和中层之间，那是上好的伏特加。

乔不仅是我见过最好看的男孩子，还是我见过最聪明的男孩子。我想他知道怎么从银河里找到伏特加，也应该知道，怎么不让艾绯的屁股开出花来的吧。

3

“乔，你说如果一直盯着艾绯的屁股看，花会不会就因为害羞而不好意思开出来？”

“白痴！”乔怒斥了我一声，“听说，有些人在养花的时候，会给花放一些很动听的音乐，花心情一好，长势也就喜人了！”

“这样的话，”乔低头思索了片刻，“咱们就放一些很吵很难听的音乐吧，吓得它不敢出来！”说到这里，乔微微有些激动，好像是发现了什么了不得的事情。

“可是，乔，”我的手指不自觉地摩挲了一下酒杯的杯脚，感到有些紧张，毕竟在乔面前我老是说错话，“我觉得，是不是有可能，音乐太吵太难听，花一生气就着急钻出来骂我们了？”说完，我还紧张地抬头偷瞄了一眼乔。

“嗯，你说的好像也有道理。”乔的半条眉毛蹙到了一起，好像一根拧不出的螺丝。

“诶，萨玛！你是不是参加了打屁股共济会？”突然之间，乔好像又想到了什么。

“嗯，是啊。”打屁股共济会是我们影子星球上的一个互助组织，近年来受到了星球居民的热捧。虽然，我们影子星球的祖先来自于地球，但我们每个人都没有自己的妈妈。

没有妈妈是一件多可怜的事啊，更何况我们的身体里面还有着来自遥远地球的人类基因，对母爱的渴欲就像远古的猛犸象渴望丛林一样，它时不时就会出来折磨我们一下。没办法，为了消解这种渴望，我们只好成立了打屁股共济会。

“陌生的人们啊，来像妈妈那样打打我的屁股吧，让我也体会一把母爱的滋味。”这是共济会的 slogan。

虽然不确定打屁股共济会能不能帮到艾绯，但我们最后还是决定试一下，毕竟暂时也想不到其他什么办法。

4

起初，艾绯是不愿意去打屁股共济会的，她告诉我，在地球上，成年人之间互打屁股是一件很羞耻的事情。

地球人可真奇怪啊，居然有这么多乱七八糟的规定。比如，艾绯说地球人之间碰面时的礼节是要互亲对方的眼睛。对，就是那种你把眼睛闭上，我就在你眼皮上轻轻啄一口的亲。所以，每次见面，她都会像吃了跳跳糖一样，蹦到我的面前，然后“啵”的一声，在我眼皮亲上一口。

但奇怪的是，我好像从来没见过她亲乔。

“在地球上，我们对每个人礼节性问候的方式都不一样，对你是亲眼睛，对乔是握手，反正这都是随机选择的啦。哎呀哎呀，反正说了你也不明白。”

每次说到这里，艾绯的脸就红彤彤的，像兑了柠檬水的石榴汁。

我一贯觉得自己是个愚蠢的人，所以在这种时候也只能为自己的无知乖乖闭上嘴巴。但这次我还是鼓起勇气坚持让艾绯跟我一起去参加共济会，因为她的屁股上已经长出了气球花的小幼芽。

说起来还是有点可爱的，像婴儿的乳牙那样小小一个，白白的，还有点说不上是蓝还是青的颜色，就像咸鸭蛋壳那样的颜色。看到陌生人的时候还会紧张得瑟瑟发抖，你要是靠得再近一点，小幼芽就害羞得赶紧钻回屁股里面啦，等到你走了，它才敢探头探脑地重新钻出来。

为了把这个小东西重新拍进艾绯的屁股里，她终于同意跟我一起去参加共济会。

共济会里的人都和我一样，从来没有见过来自地球的人类。他们好奇地打量着艾绯，还有她屁股上的小幼苗，他们大概觉得，每个地球上的人类都会长这样的小苗苗吧，因为我看到他们之间说的悄悄话轻盈地飘在头顶的半空中。“地球上的女孩子长得可真特别啊。”“是啊，你看她屁股上长的小东西，那是个什么啊？还会动。”“真是羡慕，我也想要一个。”

当然，这些话艾绯是看不见的。

为了表示对地球来宾的欢迎，大家赋予了艾绯今日打屁股特享优先权。那场景说起来真好笑，大家排着长长的队伍，一个个跃跃欲试，就跟等着上台领奖的奥运冠军一样，就连平常高冷无比的异装女王莉亚都上来拍艾绯的屁股了，要知道她可从来不愿意打我屁股的呢。

大家一个个按照顺序，一丝不苟地拍打着艾绯的屁股，我看到打到后来，艾绯的眼睛里似乎都疼出了泪光，但我说不准，谁知道她的眼睛是不是原本就这么晶晶亮呢。当然，艾绯脸上还是洋溢着一股非常热切的开心，跟每个人都诚恳无比地说:“谢谢你啊！”

等到最后一个人打完的时候，都已经快到地球上的夜晚了，我突然想起来还得赶紧跑去给地球关灯，顺便把月亮升起来。

“萨玛，我跟你一块儿去升月亮吧！”艾绯又歪头看我了，眨巴着大大的眼睛。

地球上的女孩子可真是太厉害了，我根本就是没法拒绝的呀。

5

升月亮的地方在影子星球的东北角，那里也是整个影子星球视角最好的地方。夏天的时候，整个星球的人都会跑去那里看超新星爆炸，那是我们星球上的夏日烟火晚会。

升月亮的时候要先爬到一个长长扶梯的顶端，然后站在上面，用一根更长的绳子，把月亮慢慢升上来。

扶梯有时候不太稳，晃啊荡的在半空中，所以我让艾绯先上去，我走在后面，这样就能护着她。

“萨玛，你知道吗，地球上的人都以为月亮是颗大石头，怎么形容呢，反正是那种很丑很狰狞的大石头就对啦。地球上的人都以为地球才是宇宙中最美丽的星球，其他的星球呢，全都是荒凉的残骸。

“可是萨玛，地球再好又有什么用呢？”艾绯说着说着突然转过身看我，本就不怎么稳的扶梯又忍不住打了个激灵，我赶紧用手去扶。“地球上的人还是这么不快乐。”

艾绯的声音低低地响在我的耳边，像是悄声传递给我一句咒语一般。我抬起头，艾绯的脸在一片黑暗里显得有点看不真切，但她每眨一下眼睛，背后的整个宇宙似乎就亮了一点。

“那么艾绯，你也不快乐吗？”

艾绯没有回答我的蠢问题，只是突然说了一句：“萨玛，我们来打个招呼吧！”

个头小小的艾绯站在扶梯上居然比我还高，我闻到她细细的如同植物茎干般的脖颈，散发着一种彩色泡泡糖融化般的香味。我把眼睛闭上，等待艾绯来亲我的眼皮。

“啵唧。”她趁我闭着眼睛，居然在我嘴巴上啄了一下。

“怎么又变了？”我不解地瞪大眼睛看着艾绯。

“这次是充电啦。”她不好意思地转过身去，像是很开心似的大步往上走着。

“艾绯！”就在我正准备追问什么是充电的时候，突然发现她屁股后的小幼苗又钻了出来，而且看起来似乎比之前更加茁壮了！我气愤地伸手去吓唬它，没想到它完全没有害怕的样子，还朝我做了个鬼脸。

“怎么办艾绯，我们好像又失败了。”

“没关系萨玛，我们先去把月亮升起来吧。”反倒是艾绯开始安慰起了我。看起来，她像是一副早就已经预料到了结果的样子。唉，乔说得没错，我每次都是最蠢的那个。

6

月亮升起来的时候，我和艾绯正坐在扶梯的顶端，吹着凉凉的太阳风，看着银河系里明明灭灭的星星。

“萨玛，我来回答一下你刚才的那个问题吧，我没有不开心，我只是小心翼翼，跟你在一起的每一天都小心翼翼，像是在大风中护着一支火光微弱的蜡烛。”我从来没有见过艾绯这么认真的表情，不过很快，她又轻松地笑了一声，“你不明白也没关系啊，反正，总有一天你会明白的。来，给我讲讲月亮为什么是颗泪滴吧。”

“我记得我告诉过你，我们的祖先其实也是来自地球的吧？

“其实最早的地球人是看不到月亮的，他们也没有白天和夜晚。每个地球人在出生的时候，都会被告知自己的爱人在一颗遥远的其他星球上等他，像是α星β星之类的，总之，名字不重要，很远就对啦。

“于是，每个地球人从小就要为飞向其他星球找爱人做准备，嗯，就跟你们现在从小要上学，长大要工作那样。只是那个时候的地球人，出生后唯一的使命就是建造一艘属于自己的宇宙飞船，然后去寻找自己的爱人。”

“然后呢？”我总觉得自己是个讲故事很烂的人，但艾绯好像听得格外仔细。

“然后我们影子星球的祖先就从地球出发啦，他开着宇宙飞船在太空中遨游了好久好久，久到彗星从他身边经过的时候，都会跟他打招呼：Hey, 又见到你啦！

“但难过的是，最后他的飞船撞上了一颗躲在暗处的行星，那就是影子星球。他从来没有想到过，原来在地球的影子里还有一颗这样的行星唉！

“后来的故事你应该也能猜到了吧，坏掉的宇宙飞船再也无法带他飞向 α 星寻找爱人。于是他便在影子星球上日日哭夜夜哭，眼泪越哭越多越哭越大，后来竟凝固成了一个巨大的月亮。”

“吧嗒”，我的故事还没讲完，太阳风就把一滴眼泪吹到了我的脸上，我伸手一摸，湿湿的，凉凉的，像从银河里捞到的星星。

“艾绯，你哭了吗？

“你可千万别哭，”我赶紧安慰起了她，“别哭别哭，我答应你，等到夏天的时候，我就带你来这里看超新星爆炸好不好？我跟你说，那个场景可壮观了，你们地球上的什么烟火晚会根本就是不能比的呢！”

“嗯嗯。”艾绯抹了抹眼泪，朝我绽出一个笑容。

7

可惜，地球女孩艾绯最后还是欺骗了我。她没有停止哭泣，也没有跟我一起去看超新星大爆炸。

我只记得，艾绯飞走的那天，宇宙里突然有很多彗星飞过，它们一边飞一边融化，一边飞一边发出类似叹息的声音，长长的尾巴有着比太阳还耀眼的光泽，彼此交汇，然后掉入同一个银河。

艾绯屁股后的气球花缓缓升起来飘到半空中，那是我第一次见到气球花，好大好大一朵，感觉有两个月亮那么大，和我想象中不太一样，它透亮透亮的，看起来很温柔的样子，有毛茸茸的边缘，像个巨大的棉花糖，把艾绯轻轻抱到了空中，

然后慢慢慢慢地飘远，慢慢慢慢地离开了影子星球。

乔问我，艾绯为什么最后还是长出气球花飞走了啊。为什么？我想来想去也想不到为什么，大概只是因为地心引力吧。

我总是想不明白很多事情，就像我想不明白为什么艾绯走了之后我每天都会想她。

我尝试着用白噪音给地球上的她发消息，但从来都没有收到过回复。我也想过派一朵云跑去地球上空悄悄看她，然后再飘回来告诉我她的消息，但可惜所有的云都飘着飘着，在宇宙中散光了。

于是，我只好每天把脑海中的记忆提取成一个录像带，用银河当幕布，坐在影子星球上，整日整夜观看我和艾绯一起度过的时光，看那个头发卷卷像清洁球一样的地球女孩，那个总爱歪着头看着我笑的地球女孩。

Hey, 艾绯，你还好吗？我在影子星球上每天都想念着你和那朵气球花。

美丽新世界

有时候，失控才是自由的同义词。

1. 美丽新世界

一切都结束了。

扳机扣响的时候，宋擎宇抬头看了一眼行刑室的天花板，巨大透明的白色天花板，反射着整个空间里的光，就像一把冰冷森严的手术刀，向他的眼球不断注入着恐慌。

锃亮的四壁将小小行刑室的清冷放大了无数倍，宋擎宇看到反射在天花板上的自己，还有那两个陪同行刑的检察官，突然感到一种前所未有的平静，他轻轻闭上了眼。

一束激光从那个类似“枪”的装置中射出，这是执行“人道主义死刑”的专用子弹。高速激光，能够迅速破坏人的大脑，让罪犯在极短的时间内几乎没有痛苦地死亡。

极短的时间，那是多短呢？对于宋擎宇而言，这段死前的时光却如同“永恒”那么漫长。因为他看到了他的妻子——一个从来都不笑的美丽女人，带着他从未见过的微笑，站在他的面前。突然之间，她的脸被一束光线击碎了，四散的碎片，那是她的眼睛，她的嘴角。它们慢慢地消散，慢慢地远离他，直到完全模糊。

“第 271 号罪犯，非法制造 VR 情色体验罪，执刑完毕。”随着检察官助理李尧的一声话落。一个巨大的屏幕从半空中显现出来，上面是一条条跳动闪烁的数据信息，它们正在一个字节一个字节地消失。接着一个机械的女声响起：“宋擎宇，27 岁，于 2106 年 11 月 3 日被处以死刑。身体器官已被送往各个医院，其所有身份信息、数据资料均已删除完毕。至此，犯人在美丽新世界彻底消失。”

随着行刑室虚拟门的打开，检察官任振远和他的助理李尧走了出去。行刑室很快又恢复了平静，就像什么都没有发生过一样。美丽新世界也恢复了它原本该有的秩序，就像什么都没有发生过一样。

这是一个虚拟与现实共存的世界，VR 技术已经渗透到人们生活的点点滴滴。除了肉眼可见的实体世界之外，还存在着一个用全息投影技术制造出来的虚拟世界。当然这个虚拟世界也是“肉眼”可见的。因为人们的眼球已经内置了智能芯片，芯片连接虚拟世界的网络系统和人脑的感官神经。通过对人脑视觉神经、听觉神经、嗅觉神经，以及触觉神经的操控，让人能够在虚拟世界中获得“以假乱真”般的全方位浸入式体验。

在这个世界里，死去的亲人可以永远面目鲜活，他们拥抱你，鼻息依旧温热；你的唇也可以轻易吻到那个不爱你的人，他笑，并且只对你一个人笑。只要你想，你可以选择活在你想象的世界中，甚至活在外太空。

这太可怕了，因为它过于美好。要知道虚拟世界再美好，现实生活却也是难以逃避的。或者说，虚拟世界越美好，现实生活才会越让人想要逃避。于是，越来越多的人在发现自己无力对抗现实世界后，选择了用一种极端的方式来结束他们现实的痛苦——自杀。

有时候，失控才是自由的同义词。自杀率一路攀升，快要无法遏制，这时人们决定把VR世界的监管权交给政府。毕竟对于很多人而言，站在墙外时，反而会开始向往墙内的生活，他们想要的自由也不过是完成不脱轨的正常生活。

于是，这个世界上的所有人必须经过政府的审批才能拥有VR体验准许权，并且在进入虚拟世界时会再三收到提醒，以防他们混淆虚拟与现实，导致精神错乱。当然，政府还明令禁止了VR技术进入情色、暴力、赌博等领域。

这，就是属于美丽新世界的秩序。

2. 李尧

事情要从三个月前说起。

那时候我刚从廉政公署调到虚拟犯罪司，在一个叫任振远的检察官手下跟进一起重大的VR情色犯罪事件。罪犯名叫宋擎宇，是一个非常厉害的黑客。他技术高超，手法奇巧，能够在没有任何高端设备支持的情况下制造出超现实的全维度VR情色体验。据说他制造出来的VR情境能让人脱离肉体的生理阈限，感官刺激连续交叠，产生强烈共振，能让人沉溺于远超现实好几百倍的快感中无法自拔。因此，有很多人情愿燃尽自己，都想体验一把这种五感全开、蚀骨铭心的快意。

他把这些违法的VR情色服务高价卖出，在黑市一度遭到哄抢，甚至有很多人因此患上了VR性瘾。我见过那些关在精神病院里的VR情色上瘾者，他们拒绝穿衣服，如同一片裸露的群山，又像一摊垮掉的白色泥浆。他们完全被性欲奴役着，拖拽着，不断沉溺，不断下坠。

空气中氤氲着仿若蒸馏过的荷尔蒙的腥臊味，偶尔还会响起一阵阵短促的呜咽。但他们依旧低着头，认真地把玩着手上的电子设备，荒诞至极却又浑然不自知。

他们是欲望的饥民，是科技的献祭品。

这样的场景让我感到眩晕，像是一个恐高症患者突然探头看到了脚下深渊般带着恐惧的眩晕。我的上司任振远安慰我："还好这一切马上就要结束了。"

是的，一切就要结束了。因为我们抓到了宋擎宇，并且成功对他执行了死刑。

不过这是三个月前的事情了。如果我们没有发现宋擎宇根本就没死的话，这一切确实是结束了。

大概是一周前，我和我的上司任振远相继感到神经衰弱，脑海中有些丢失的碎片正在慢慢合拢复原，像是有个模糊的梦境正随着时间的推移渐渐清晰明朗。一个可怕的猜测在我们心里升腾起来，但是谁都不敢说出它。

任振远带我去了一家私人医院，找到一个叫夏子的医生，据说她是和任振远私交很好的挚友。

夏子对我们的脑部进行了仔细的检查。检查结果显示，我和任振远果然都中了一种叫作芥氰类毒素的神经毒素。这种毒素可以入侵人脑的各个感官中枢，让人意识混乱，分不清自己到底是置身于现实世界还是虚拟世界。

但这种毒素的效力只能维持三个月，三个月后，随着人体自身的新陈代谢，毒素逐渐失效，那部分丢失的感觉便会慢慢回来。

“振远，你们怎么会中这种毒呢？”夏子放下手下的检查仪器，一脸不可置信地看着我们，“这可是政府一类违禁药品，是完全不可能在市面上出现的。况且，这种毒素的功效至今都没有被完全研究清楚，你们最好每隔半个月就来我这里检查一次，以防身体的其他机能也遭到了损伤。”

“嗯，”任振远的声音低沉，像是从一张老化的黑胶碟里发出来的，“夏子，我和李尧中毒的事情你暂时不要对任何人说。”

我和任振远心里都清楚，三个月前，我们在毫无察觉的状态下被人下了芥氰类毒素，而那个人，就是宋擎宇。他不仅用 VR 技术做出了一个以假乱真的虚拟死刑现场，在那里，他处死了自己。而且，他还对现场的监察人，也就是我和任振远，使用了神经毒素，让我们错把虚拟场景当成现实世界，诱导我们结案，而自己却逃之夭夭。

我不清楚宋擎宇到底知不知道这种毒素的效力只能维持三个月，也不清楚他现在正在世界上的哪个角落，有没有继续犯案。我只知道，这个案件远远还没有完结，我们应该上报政府，然后继续追查正逍遥法外的宋擎宇。

可是，我的上司却阻止了我。

“李尧啊，你知道的，我才刚升到虚拟犯罪司最高检察官这一职位，你也才刚从那个毫无前途的廉政署调过来。”任振远背对着我狠狠吸了一口烟，我看不清他的表情，却能猜到他神色的扑朔，“你放心，这个案件我会继续追查下去的，但我们现在……最好……先不要上报实情。”

“你放心。”他又重复了一遍，语气稍稍坚定了一些，“我一定会找到宋擎宇，让他付出该有的代价的。”

“就算是，为了正义。”他像是想起了什么似的，补充了一句，然后用力摁灭了烟头，最后的一缕火光明明灭灭，带着这句他刚说出口的话一起在大风中消散。

3. 任振远

我碰到了从业三十多年来最棘手的一个案件。

一个精通网络技术又善于使用医学违禁药品的在逃犯，宋擎宇，他可能会终结我的职业生涯，甚至终结我受人敬仰的前半生。

从夏子的医院回来之后，我用尽各种方法来追查宋擎宇的下落，然而，都毫无结果。这个混蛋不仅用VR技术制造出虚拟死刑的假象，还诱导我们删除了数据库里他的所有身份资料。

虽然我非常想私下解决这件事，但如果我再找不到他的话，这件事是瞒不了多久的。可就在我几近放弃，准备向上级通报这件事的时候，一个女人走进了我的办公室。

“我叫丁昀，是宋擎宇的妻子。”她的声音听起来很瘦，低低的，冷冷的，像含着一块清清白白的玉石。但这开门见山式的自我介绍，竟坦诚得让我有些招架不住。

我略带疑惑地打量了一下她，一张让人不忍伤害的美丽脸孔，眼睛里却是无所遁形的惊恐。满头卷发蓬软得如同云朵，身上穿着一条垂顺的奶油色绸裙，想必是精心打扮过的，但却显得有些过分端庄刻意了，像是故意为了兜住身上涣散的精气神。只可惜，那股掩藏不住的疲倦之气反而被衬托得更为明显。看起来，她似乎是刚经过了很长时间的挣扎与拉扯。

我还来不及开口，她又抛出了一句话，让我惊讶得差点从座位上弹起来："我怀疑我的丈夫并没有死。"

眼前的场景已经让我完全摸不到头脑了，我甚至开始怀疑自己是置身于 VR 情境而不是现实世界。但很快，我就强迫自己镇静下来，把脸上的讶异神色收拾干净，用一种不容置喙的口吻淡淡地说道："宋太太，三个月前，你的丈夫因为非法制造并走私 VR 情色服务被执行死刑，这是我和我的助理李尧亲自监察的。你一定是太过悲伤了，才会跑来说这些胡话，我能理解你的心情，但也请面对现实吧。"

"不不不。"她的语气急切了起来，坐在沙发上的身子也微微向前移了一些。突然之间，她像是想起了什么似的，转身从背后那个棕红色的皮包里掏出了一个小小的玻璃瓶。

那是一个很小的玻璃瓶，卧在她的手心，都不如她纤细的拇指来得大。瓶子里面是一些液体，小半瓶那么多，说不上是什么颜色，但看得出它们在阳光的照射下会散发一种诡谲的光泽。

“这是我在家里发现的，好像是一种毒素，可以让人混淆虚拟世界和现实世界，我之前听我丈夫提起过，他说，这个东西在关键时候能救命。”她一双大眼睛紧紧盯着我，眉头郁结，甚至连睫毛都开始微微颤动，真诚又迫切，“上次我见到它的时候，还是满满一瓶，这次却莫名被用掉了一大半。”

“而且，”她抓起茶几上的咖啡，胡乱喝了一大口，像是在解什么渴似的，又继续说道，“我还在他的电脑上发现了一个叫作‘VR死刑’的文件，只不过我没有密码，所以没能打开。

“一开始我也没有想这么多，但这两件事连在一起，真的不得不让我开始怀疑他根本就没有死。

“不对，不是怀疑，是事实，而且，他现在就在我身边。”她根本不给我任何缓冲的时间，像是在跟什么赛跑似的不停往下说。她的手指紧紧拽着裙子的下摆，指节已经开始发白。这是多么纤细脆弱的一双手啊，像老式自动铅笔里的笔芯，仿佛稍一用力，就会折断。

“不管你信不信，宋擎宇还活着，而且他还在我身边。”她突然停顿了一下，对着空气叹了一口气，用一种几近放弃却又不甘心的语气一字一句地说道，“请你一定要相信我。”

“宋太太，如果你说的都是真的，干吗不去警察局，让警察直接抓人呢，还要特意来找我这个检察官又是为了什么？更何况，你的丈夫没有死，这对你而言不是一件天大的好事吗？我不明白，你为什么还要跑来揭发他。”我终于忍不住把心里的疑惑全部倾倒了出来。

丁昀的出现，她说的每句话，都刚好印证了我那些已知的事实和未竟的猜测。眼前的一切就像是张巨大的拼图，一张张碎片无缝贴合，整张图的面貌终于开始越变越清晰。我很难不相信她。

"我没有证据。"她给我递来一张照片，上面是一个我从未见过的陌生男人。拍摄的角度并不好，但还是能看清他的五官。

"不久前，我突然察觉到身边总是有人在暗暗跟踪监视我。一开始我还以为是那些被我丈夫伤害的VR情色上瘾症病人的家属，来找我报复。可是一次偶然的机会，我见到了这个跟踪我的男人。是他。

"是他，是我的丈夫宋擎宇。他整容了，换了一副面貌。"她懊丧地抓了抓自己的头发，"但我知道这人就是他，我们共同生活了十几年啊，我怎么会认不出他呢？

"但是我没有证据。像他这么聪明又小心的人，肯定不会断然跟我出来相认的。

"或许，"她像是突然看到了某种希望似的，原本黯淡的眼神中也有了几丝光彩，"我们可以通过DNA比对之类的方法来证明他的身份？"

我已经完全坐不住了，一阵冷风从办公桌后的窗口吹进来，吹得我眼睛酥酥麻麻的，心里也凭空生长出来一些激动和雀跃。我忍不住又给自己点了一根烟。

眼前的这个女人虽然怎么看都带着一种不太真切的疏离感，但我隐隐觉得，她或许是这个案件唯一的希望，也是我唯一的希望。

我长吁了一口气："没用的，宋擎宇所有的身份信息都已经被删除了。”

4. 丁昀

我从来没有想过自己有一天会对别人说出这个秘密。这个连我的丈夫宋擎宇都不知道的秘密。

那段记忆就如同梦魇一般纠缠了我十几年，日日夜夜反复折磨着我。我想要独自沉默地咀嚼它，却一天天被它蚕食得皮骨不剩。

“我曾经被猥亵过。在我只有十几岁的时候。”

我终于还是说出来了，终于。虽然这短短一句话就已经耗尽了我周身的所有气力。

“我恨宋擎宇，他做的那些VR情色跟猥亵我的那个男人又有什么差别。

“都是一样的亵玩，一样的迫害。”

我不停向下说，逼迫自己向下说。我觉得自己像是走进了一个又窄又深的甬道，眼前什么都看不见，但我只能继续向前走，向前走。

“他总说他爱我，但他根本就不懂什么是爱。他只知道掠夺我，侵犯我。就算是死了，他都要继续监视我。

“我再也不想过这样的生活了，我不想当那个被‘爱’着的人，我只想当一个自由的，被尊重着的人。

“如果说在这个世界上还有比爱更淋漓更铭心的事，那就是恨了。”

我已经开始控制不住地哽咽，此时此刻，我的神情一定很可笑吧，就像那块粘在咖啡杯沿上的口红渍一样可笑。我的嘴角一定是衰败的吧，我的眼神也一定暴露了我的无措和慌乱。但我也不想再掩饰什么了，反正，我就是这么一个可笑的，肮脏的我。

“丁昀……”任振远突然叫了一声我的名字，他脸上的神色迟缓而黯淡，像是黄昏里慢慢飘远的光线。我想他是同情我的吧，虽然这份恻隐之心是如此廉价。

“可是我们现在什么也做不了，”他又狠狠吸了一口烟，好像那些吞吐出来萦绕周身的烟雾能把他结结实实地保护起来似的，“什么也做不了……”他又低声重复了一遍，是我看错了吗，他的眼里竟然有了一种类似抱歉的情绪。或许，真的是烟雾太缭眼了，让我看不清楚吧。但是不管怎么样，我应该抓住眼前的这个男人，抓住他此时的脆弱。

“或许，我们可以用这个。”我把手中的玻璃瓶递到了任振远的面前。

显然，他被我这个大胆的举措吓了一跳，指头轻颤，连烟都握不住了。火光闪烁的烟头在我奶油色的绸裙上迅速烫出了一个洞，随即又跌落到了地上。

但我已经完全管不了这么多了。“既然这个药可以让人分不清虚拟和现实，我们就可以用它来诱骗宋擎宇承认自己的身份啊。

“而且 VR 技术制造出来的虚拟场景可以将时间和空间无限拉长放大，我们完全可以安排一个十几二十年后的场景，或者用 VR 做一个假的我当诱饵也可以啊，一个爱上别人的我，或者一个悲痛欲死的我。总之，肯定有办法能骗他亲口承认自己的身份的。只要我们能把他亲口承认的证据留下来，就可以重新对他施以死刑了……”

“不不不，这实在是太疯狂了。”就在我越说越激动的时候，任振远突然打断了我。

“这个药是政府一类违禁药品你知道吗？我们这么做也是犯罪，那我们跟宋擎宇又有什么差别？

“而且，这个药的效力至今都没有被完全研究清楚，万一有别的什么副作用怎么办？”

我知道任振远肯定不会这么轻易就答应的，但我没有想到他的反应会如此抗拒。但我怎么可能这么快就死心呢，我好不容易，才有了这么一个机会。

“只要我们小心一点，是不会有什么事的。刚好你也可以借此验证我说的话到底是不是真的。如果他没有承认身份，那你就放了他，我愿意独自承担所有的罪名。如果他承认了，那我们就可以把他绳之以法，你既将功补了过，我也了却了心里的恨。

“宋擎宇用这个制造虚拟死刑，我们用这个逼他认罪。最多是以其人之道还治其人之身罢了。而且我们的目的完全是不一样的啊，我们是为了正义，就算手段不太光明那又怎样？我们是为了正义啊。”

任振远突然陷入了一片沉默里，但我能感觉到憋在他胸口的那最后一口气，已经开始泄了。

5. 宋擎宇

“任警官，听说这次案件也是一波三折啊。罪犯竟然用 VR 制造假死现场，一度骗过了所有人。

“不过最后您还是把他捉拿归案，让他付出了应有的代价。罪犯亲口承认身份的那个场景实在是大快人心！想必先生一定是付出了很多努力吧？”

屏幕上的任振远正襟危坐，被无数个话筒簇拥着的他显得有些不太真实，闪光灯频频跳动，让他的神色也变得难以捉摸了起来。

“我和我的助手李尧排查了几十个日夜才锁定罪犯，这一路的艰辛就不说了。不过还好，我们最后还是抓住了他。”

“任警官真是美丽新世界之光啊。”

“那么最后，您对于这次案件有什么想说的吗？”

“我想，正义终究是会战胜邪恶的吧。”任振远的最后一句话还没说完，我就轻轻抬了一下手指，悬浮在半空中的那个巨大屏幕也随之消失了。

“看看任振远那副嘴脸。”我转身对坐在我身边的妻子说。

是的，我的妻子丁昀，此时正一脸笑意地看着我。

她总是这么美丽，那种又迷人又脆弱的美，仿佛多看几眼，就会把她捏碎。她有一种很黏稠的气质，像是化不开的蜜糖，会让人忍不住想要舔舐。

这样的一个女人，你怎么可能去怀疑她的居心呢？

三个月前，金蝉脱壳的我发现有人在暗中调查我的下落。没想到，那个人居然是任振远。更没想到的是，我从黑市意外得手的神经毒素竟然这么没用，药效只能维持三个月。我一怒之下，去黑市找到了给我毒素的孙大丁。

“说实话我们对于这种芥氰类毒素的功效也还没有完全搞明白，现在只知道它能干扰人的视觉、听觉、嗅觉和触觉中枢，哦，还有语言中枢，至于这三个月的效力，我们也才知道……”

“等等，”我忍不住打断了他，“语言中枢？”

“对啊，运动性语言中枢就在大脑前回的下半部，也就是布若卡氏区，而听觉性语言中枢……”

我已经完全听不到大丁在讲什么了，一个大胆的计划在我的脑海中逐渐产生。

如果芥氰类毒素能控制人的运动语言中枢，那么要是能找到一个替罪羊来帮我认罪的话，一切不就完美解决了吗？而且，药的效力只能维持三个月，只要赶紧把替罪羊处死，他就永远没有机会开口说真话。

可是怎么才能让任振远相信替罪羊就是我本人呢？我想到了我的妻子，那个迷人又脆弱的美丽女人，她看起来多么无辜啊，好像她生来就是让人忘记戒备心的。

当然最关键的是，我们自己什么都不要做，我们要借任振远的手来完成这一切，让他亲自对那个男人使用芥氰类毒素，让他也亲手犯下罪行。

因为，这个世界上，比死人还要牢靠的东西，是一颗畏罪的人心。

“亲爱的，”我的妻子凑过来亲了我一下，亲昵地说了一声，“我们自由了。你总是这么善于利用科技。”

“不，我们利用的是人性。”我宠溺地揉了揉她的头发。

更何况，在这场滴水不漏的戏里，也不全是假的。比如那个猥亵过我妻子的男人，就是真实存在的。不过好在，他已经死了。

哦，或者说现在应该叫他“宋擎宇”。

这次，“宋擎宇”是彻底死了。再也没有人会来追查我们了。

我们获得了永恒的自由。

我把丁昀搂得更紧了一些，窗外夜幕已经降临，旖旎的车河，通亮的楼宇，一切都有条不紊地在它们该有的秩序里滑行。

“这真是一个美丽的世界啊。”我心想。

属于我们的美丽新世界，这才刚刚从眼前展开。

Furies

世间只有一种东西比美更美，那就是通过联想而得到的美。

1

等待电梯缓缓上升是一种日常而空洞的体验。在这个过程中，人可以做很多事，比如把身子靠在银灰色的，可以勉强折射出模糊影像的电梯墙上；比如将所有注意力诚实地、不加保留地交付给数字——那些发出幽暗红光的电梯键，想象上面沾染了什么样的指纹和DNA；又比如，尝试和身边的陌生人打开一场无关痛痒的对话。

但似乎，其中的任何一种，李策都完成不了。

首先，这台破电梯的墙是木质的，上面有几处甚至已经潮湿龟裂，再借李策五百个胆子他也是不敢往上靠的。其次，这种叫Paternoster的两人电梯根本就没有任何楼层键。据说这种电梯最早是由德国人发明的，没有门，也不停，只能上下循环运行。当然，现在他所身处的这台电梯是经过改造的，能够在不同楼层停靠，只不过，还是简陋到没有楼层键，只有一小块电子屏幕用来显示电梯停靠的楼层。至于最后一种可能嘛，李策闻了闻这个闭塞空间里的腥臊气味，又转头打量了一下身边这位长相潦草、肚子滚圆的油腻胖子，还是在心里默默扼杀了这个念头，虽然，此时此刻，他正以一种奇怪而扭曲的姿势和这个胖子连在一起，通过一把银光锃锃的手铐。

大概是一个星期前，李策突然收到了这个名为 Vaterunser 剧场的邮件，说是新出了一部叫 Furies 的浸没式戏剧，邀请他作为第一批内测的观众去体验。天知道，李策本人是个平常连电影院都不怎么去的人。一来，他觉得电影院是年轻人去的场所，不太适合像他这样的中年人。二来，他嫌贵，总觉得还不如上网直接找盗版的资源看。当然，用李策的话讲，那叫合理运用互联网搜索技术降低文化生活成本。要不是邮件开头那行赫然在目的“受邀前来体验的每位观众将获得 500 元的酬劳作为感谢”，李策早就把这封垃圾邮件精准又快速地删除了。他有洁癖，还有强迫症，每天都会按时清理生活中一切电子的、非电子的垃圾。

只不过，他还有个比洁癖更严重的疾病，那就是爱钱。

2

Vaterunser 坐落在城郊一片居民楼的背后，周遭荒凉得很，整栋楼的外观也很识相地和周围的环境保持着高度和谐的破败，看起来像是个废弃工厂改造的，墙上的排气扇还在隆隆作响，像两只骇人的眼睛。

工厂的里面是一片巨大的空间，除了锈化的钢架和曲折的管道，几乎没有其他赘余的装饰。除了空间的正中央，摆放了一张桌子，暗红色天鹅绒的桌布，一块略显隆重的欢迎牌，以及一排摆放整齐的香槟。看得出来是经过一番布置的，但依旧充斥着一股浓浓的临时感，李策说不出来，只是察觉到了一种急躁的、心不在焉的氛围。

胖子蔡鸿差不多是和李策同时到达的，他跟李策年纪相仿，只不过，体积差不多是李策的两倍。“唉，你也是来看那个什么戏的吗？怎么只有咱们俩人啊？”蔡鸿边说边顺手拿起桌上的香槟杯，放到嘴边喝了一大口，喝完还不忘咂巴一下嘴。

蔡鸿见李策并没有接话的意思，拿起桌上的另外一杯香槟，递给他：“这东西还挺好喝的。”边说边不动声色地往李策那儿靠了靠——一种微妙的示好。但李策只看到了蔡鸿油亮的额头和额头上面细密的汗珠，他下意识地拂了拂肩膀上并不存在的灰尘，嫌恶地往后退了一步，并没有伸手去接蔡鸿手里的杯子，反倒是自己又从桌上拿起了另外一杯，偏过头去故意不看蔡鸿，抿了一小口。

胖子大抵是没想到对方这么小气，正想开口说点什么缓解这尴尬的气氛，就被一阵颇具节奏感的高跟鞋声打断了。“欢迎两位，不过在进门前，先把手机之类的电子设备都交给我保管好吗？”眼前这位女侍应的出现一下就截停了两人所有的内心戏，她看起来是二十岁上下的年纪，焦糖色的大腿和胸脯，不，准确讲是太妃糖色的，大概摸起来也会和太妃糖一样丝滑吧。说实话，这种动物性的好看是很容易激起男性脑海中一些动物性的冲动的。当然，大多数情况下，大家依旧竭力让自己冠冕堂皇得像个人类。

“没收通讯设备是为了让你们获得更逼真的观看体验。”在进入大楼之前，每位观众身上的所有通讯设备都会被没收，并且蒙上双眼由工作人员带领至观演场地。

“这儿怎么只有我俩啊？”还是胖子先忍不住小声嘀咕了起来。

“因为每场演出只允许两位观众观看。”随着女侍应的声音，眼前的电梯门突然开启了，像是一下拉开了某个神秘舞台的幕布。

“哪，这就是我们的观众席，每次最多只能载两个人的双人电梯。里面一共有三副手铐，因为在观看期间不允许你们离开电梯，所以要麻烦两位用手铐把自己的一只手和对方铐在一起，另一副手铐用来把自己的一只脚和电梯墙下方的铁环铐在一起。

“整场剧一共有七幕，电梯会依次在一到七楼之间随机停七次，每次停下，电梯门开，就相当于换了个舞台，演出就会在你们眼前开始。对了，记得戴上耳机，里面会有讲解。

“当然，最重要的是，千万要记住每次停靠的楼层数，七个数字连起来是一串电话号码。等演出结束的时候，记得拨打这串电话号码，会有人告诉你们怎么离开这里。”女侍应说完最后一句，还云雾缭绕地看了眼李策和蔡鸿，像是在把某句神秘莫测的咒语传递给俩人。

3

随着电梯缓缓上升，李策感觉自己的心也跟着被慢慢吊到了嗓子眼儿。倒不是因为李策胆子小，只是现在的氛围实在过于诡谲了，他在心里暗暗猜想即将要上演的剧大概是恐怖悬疑一类的，因为百度是这么告诉他的：浸没式戏剧，打破传统的镜框式舞台，让观众参与到剧情的发展中，从而得到一种全感官的、立体的观剧体验。李策正准备深呼吸给自己做些心理建设，电梯很快就停了，屏幕显示他们来到了三楼。

随着电梯门开，耳机里几乎是同时传过来一阵温软无比的女声："第一幕。"

电梯的外面并没有什么所谓的舞台，只有一张巨大松软的床，上面挂着一些帘幔之类的东西，大概是想装扮成一间私密的卧室。床的正中间坐着一个女人，裸露的后背对着他们，昏闷的灯光正打在她的背窝处，露出光滑优美的曲线。

"孟味，曾经是一个修习艺术的女大学生。如今，一块破败的布，一个低贱的妓女。"还是那个温软的女声，只不过突然间显得有些颓然。紧接着，房间里出现了几个裸露上半身的男人，他们的闯入破坏了眼前画面的美感，但让整个场景的氛围一下变得尖锐了起来。

他们开始对床上的孟味做出一些侵犯性的举动，床上的孟味颤抖着瑟缩到了角落。在一番肢体的争执下，李策终于看到了那个女人的脸，可惜，她戴着面具。但不知道为什么，李策居然觉得这张戴着面具的脸反而显得更美，一种引人一探究竟的美。

果然世间只有一种东西比美更美，那就是通过联想而得到的美。

床上的帘幔散下，只能隐隐约约看到几个交媾的身影。虽然看不真切，但那场景也已经足够香艳。

正当李策和蔡鸿开始全神贯注地真正“浸没”到这场戏剧中时，电梯门突然间关上了。第一幕就这样毫无预兆地结束了，像一部被删减过的影片，阉割掉了最精彩的部分，只留下一堆空白让人浮想联翩。

李策对这戛然而止的剧情有些不太满意，但紧张的心情倒是一下消散了，心想：这剧搞得这么神秘，这么隐蔽，原来是因为尺度太过限制级了啊。站在他身边的蔡鸿大概也有些意犹未尽，小声嘀咕道：“说好的浸没呢，说好的让观众参与到剧情中呢，这只能看，不能摸，也太没意思了。”李策暗暗觉得蔡鸿的话直白得有些好笑，但并没有接话，还是佯装出一本正经的样子。

可蔡鸿越说越起劲了，还拿手肘撞了撞李策的身子：“这女主演还挺美是吧？听说演的是个妓女。哪有这么好看的妓女啊。”说着说着，蔡鸿突然压低了声音，“你也嫖过的吧？你肯定嫖过的吧，有碰上过这么好看的吗？”

虽然蔡鸿这话听上去有些猥琐，但当男人之间开始谈论这一话题时，相当于打开了另外一个局面，是一种无形的结盟，一种共同越界。

李策一下觉得眼前的胖子也并没有这么讨厌了，甚至觉得蔡鸿还有那么几分“真诚”。他低下头暧昧地笑了几声，脑中也开始浮现出一些断断续续破碎的记忆，那些或高瘦，或圆润的女人，那些或冷漠，或热烈的身体，遥远的喉音，汹涌的气息，还有那些早已模糊的脸。

4

当电梯门再次开启的时候，李策和蔡鸿之间已经远没有之前这么尴尬了，就连俩人之间的距离都不自觉靠近了一些。说不定，等这七幕剧结束，俩人还能培养出什么隐晦的革命情谊呢。

但第二幕开场的情景远没有第一幕那么摄人眼球，这次，电梯停在了七楼。

还是刚才的那张床，或者说，只是两张长得十分相似的床。昏暗的灯光下，一切细节都显得那么难以辨认。还是刚才的那个女人，只不过，她身上盖着一条破旧的薄被，遮住了她同样破旧的身体。隔着这么远的距离，李策都能感觉到她身上那种疲惫、无力、厌倦，甚至愤怒中夹杂着绝望的情绪。

最初打破这份平静的是一阵婴儿的啼哭，李策分不太清是真的有婴儿在啼哭，还是耳机中传出的后期配上的声音。总之，那是一个女婴的哭声，哭得有些凄厉，李策觉得这突兀的哭声有些刺耳，又觉得那哭声是从女人的心里传出来的。

但女婴并没有如预期般地出现，反倒是出现了一个喝得醉醺醺的男人，拉碴的胡子，狼狈又颓废，似乎要比那个女人年长一些。耳机里的女声告诉李策，那男人是孟味的丈夫，他们一起生育了一个女儿。但他看上去是那么可怖，看着她的时候，像在看仇人，不加掩饰的厌恶和愤怒简直要从那双眼睛里掉落出来。不出意外地，那个男人开始对毫无还击能力的孟味拳脚相向，场面有些暴虐，那个不知从何处传来的婴儿啼哭声也变得越来越大声。

李策觉得有些不适，这根本就不是什么尺度过大的香艳剧啊，明明是一个控诉家暴的伦理剧。但这幕剧里的男性形象都过于赤裸裸了，或者说是一种“真实”，一种让李策觉得自己被暗中射杀到了的不适。

还好这种不适并没有持续多久，因为电梯门又很快被关上了。不管是第一幕剧，还是第二幕剧，都结束得有点匆忙，甚至可以说是潦草。把一堆未解的疑惑丢给了观众，比如，为什么一个已婚的女人要出来当妓女？为什么她的丈夫对她有这么大的仇恨？

但也可能是因为这些未解的悬念，反倒让李策和蔡鸿有点进入“浸没”的状态了，开始好奇接下来的剧情会是什么样的走向。

第三幕剧开场的时候，电梯下降到了一楼。

虽然回到了最初的原点，但电梯外的景致已经跟刚才完全不一样了。电梯下降，预示着某种回溯，而这一幕的主题也正是“回忆”，一段漫长而艰涩的回忆。

正如第一幕中所说的那样，彼时的孟味还是一个在大学主修戏剧舞台艺术的女大学生，一袭白裙的她依旧戴着面具，但周身散发出来的鲜甜气息是那样的不同，那时的她，像是刚被采摘下来的新鲜水果，不像后来的她，是腐坏的。

“貌美的女学生，身边自然不会缺少追求者。”随着耳机里娓娓道来的讲解，剧中又出现了一个新的角色，孟味的同班同学，也是她的好友——周进。

和孟味一样，那时的周进也是个明亮无比的少年，怀着对艺术的一腔热忱，在大学和孟味修习同一个专业，戏剧舞台艺术。俩人经常在一起探讨剧本、排练戏剧。这世界上，能配得上少年心中的深情的，大概是像孟味这样质地柔软的女孩。无法免俗地，周进喜欢上了孟味，但也只是暗恋而已，是那种不小心四目相对之后还要迅速把眼神收回的暗恋。

“貌美的女学生，身边自然不会缺少追求者。”耳机里的女声又重复了一遍刚才的话，李策还以为是自己听错了。但随着这句声音落下，刚才那位酒醉的男人又出现了，只不过这次的他不再邋遢狼狈，看上去反倒还有几分“正派”。原来他是孟味和周进的大学老师——林振。

越是阴暗的，越是明目张胆。

“林振也喜欢孟味，和周进不同的是，他的喜欢更多是动物性的，比起孟味柔软的质地，他的目光投向了一些更明显的地方。和周进不同的是，他的喜欢更多是带着攻击性的，他喜欢，就要得到，甚至不惜用一些见不得光的手段。”

李策看到眼前有两个身影在追逐着，仓惶而软弱的孟味无处可逃，可身后的林振还在不断追赶，不断威逼，不断诱捕。

突然之间，两人的身影重叠在了一起。与此同时，电梯门也“砰”地关上了。第三幕剧终。

5

有人说戏剧有三十六种模式，也有人说高潮将会在中间的时候出现。

不知道为什么，李策隐隐觉得接下来的四幕剧将会激烈又快速地展开，就像按了快进键一样。他隐隐嗅到了高潮的气息。他甚至觉得连电梯上升的速度都已经开始加快了，根本不给人反应的时间，转眼间，电梯门开，第四幕剧又拉开了序幕。

这次，电梯停在了六楼，一个比较高的楼层。

"孟味怀孕了。"果然，第四幕从开头就引爆了一个定时炸弹。

"幸运若是降临在没有做好准备的人身上，就很容易沦为不幸。无疑，这个孩子的降临对林振和孟味来讲都是天大的不幸。对于孟味来说，这个孩子是一桩无从面对的恶行，是她今生最大的耻辱。对林振而言，也是如此。

"他喜欢孟味吗？是喜欢的吧，但不过只是动物性的喜欢，并没有喜欢到要让自己身败名裂地来全盘接纳她的人生。

"只可惜，事情还是暴露得很快，有人向学校检举了这件事。一时间，整个学校里掀起一场轩然大波。"

李策看到眼前的白衣女人像是疯了一般四处逃窜，而林振，藏在暗处的林振，像是凝固了一般纹丝不动，所有的灯光都完美地避开了林振，他就这么藏匿在黑暗中，沉默地愠怒着，仿佛他就是黑暗本身。

"对孟味来讲，比遇上林振更不幸的，比意外怀孕更不幸的，是生在一个愚昧又荒唐的家庭。

"她的父母居然要求她嫁给林振，"突然之间，那个温软的女声一下变得锋利起来，就连音调都提高了好多，对，还有语速，她咬牙切齿又愤恨无比地说着，像是在控诉些什么，"很可笑吧，真的是很可笑吧，但他们确实这么做了，他们居然让自己的女儿嫁给那个强奸自己的强奸犯。”说着说着，那个声音又慢慢低了下来，像是有什么东西慢慢熄灭了似的，“真的是很可笑吧，但他们居然真的这么做了。”末了，她又低声喃喃了一遍。

“哦，林振呢，林振自然是身败名裂，再也无法在这个圈子立足。被学校开除后的他，日日在家酗酒，喝醉之后就殴打孟味，凌虐孟味。他视孟味为他人生的厄运，是他所遭受的诅咒以及一切不幸的根源。他打击孟味，仿佛在向那个对他不公的命运予以还击。”

“甚至，”听到这里，李策已经猜到了大概，故事的缘由也都清晰地铺展在了他的面前。

“甚至，他还逼迫孟味去当妓女……”

这时，所有的灯光都在刹那之间熄灭了，全场陷入了一片黑暗当中。李策的脑海中浮现出了第一幕中那些露骨的场景，但在此刻的他看来，丝毫都不觉得香艳，甚至还有点瘆人。李策觉得自己的脑子有些混乱，莫名有种呼吸不畅的感觉。他不自主地张大了嘴巴，决定用嘴呼吸。

可就在这个时候，灯又亮了。只有孟味一人站在中间。身着白衣的她看起来比纸片还要脆弱，像是一根极为纤细的自动铅笔芯，仿佛稍微用一点力，她就会被折断。

“记得孟味从高楼上一跃而下的那天，阳光真的很好，但她却都没有再看自己的女儿一眼。

“没有人知道那时的她有多么绝望，根本不会有人知道的。”

第四幕终，孟味死了。

“六层，一个比较高的楼层。”不知道为什么，当电梯门再次合上的时候，李策的脑子里莫名又出现了这句话。

6

随着电梯再次下降，李策觉得自己的脑袋越发恍惚了起来，他甚至觉得开始有些站不稳了，要不是因为自己的左手正通过手铐和蔡鸿铐在一起，可能下一秒他就要倚着不太牢靠的电梯门瘫软在地。大概是两人电梯的空间实在过于逼仄，大概是电梯里的空气过分稀薄，李策觉得自己的呼吸越来越艰涩，喉咙里像是喝多了劣质假酒一样难受。李策转头看了看身边的蔡鸿，他的额头上全是细密的汗珠，正目视着前方，眼神里有李策看不清楚的东西。

顺着蔡鸿的目光往外看去，李策发现电梯已经停在了二楼，电梯门外正站着周进，在稀薄又冷清的灯光下，李策隐隐看到周进的怀里还抱着个孩子，是那个啼哭的声源，是那个女婴。

原本李策以为孟味死后，这幕荒诞又吊诡的剧也该结束了。但现在看来，似乎孟味的死才是一切的发端，周进怀里的女婴像是预示着一个新故事的开始。

随着耳边那个女声再次响起，周进开始在一片影影绰绰的黑暗中踱步。

“孟味死后，林振依然毫无任何悔意。

“‘她是自杀的，关我什么事！’他甚至叫嚣出了这样的话来。

“周进抱走了孟味的孩子，准确讲，是偷，不，更准确一点，应该叫救。呵，像林振这样的人，怎么会有良心呢？孟味已经无法再承接他不可预期的愤怒与日益膨胀的恶意了，那么，下一个受害者，你们觉得会是谁呢？”

随着耳机里的女声越来越激昂，周进的步子也渐渐变得急促起来，像是要把心中的怒意重重地踩进脚下的水泥地里。

“多亏了周进，那个女婴还是长大了，最后还是战战兢兢活了下来。周进给她取名叫孟醒，教她艺术，把毕生所习毫无保留地都教给了她。当然，连带着那些关于她母亲的故事，也都毫无保留地告诉了她。

“孟醒长到16岁的时候已经是个大美人了，眉目之间藏着孟味的影子，只不过，她和亮堂鲜甜的孟味还是不一样的，她像白色的夹竹桃，明明长在毫无恶意的春天，却满身都是剧毒。”

那个女声刚刚落下，所有的灯都突然之间亮了起来。电梯外的整个空间炽热又明亮，仿佛是突然切换了场景，所有的阴翳都被暴露于天光之下。

听说眼睛适应了黑暗之后，瞳孔会突然放大，为了能捕捉到更多的光线。可一旦重新处于强光之下，瞳孔又会及时缩小，这是一种生理保护机制。

但李策分明觉得此时自己的眼睛像是丧失了这种保护机制，强光之下的瞳孔依然洞开，眼前白蒙蒙的一片，看什么都像隔着一层满是水雾的玻璃。他感觉自己会在下一秒瞎掉。

电梯门关上的时候，李策听到身边的蔡鸿好像是说了一句：“你，还好吧？”但语气平淡得更像是试探，是确认，而不是关心。

一切都越看越奇怪了，先是莫名其妙的邮件，然后便来到这个莫名其妙的地方，紧接着是这些莫名其妙的剧情。这一切的发生就像是突然开始了一趟莫名其妙的旅程，刚开始，心怀希冀，期盼这段愉快的旅程赶紧开始，可一段时间之后，就开始期盼它能快点结束。可笑的是，后一种期盼竟比前一种来得更加真诚，更加热烈。

李策的内心动荡又慌张，就像身后那个一倚上去就会嘎吱作响的电梯墙。他想努力镇静下来，努力拨开眼前的混沌，但可惜，都是徒劳。

李策觉得自己大概是缺氧了，重度缺氧的那种。“37162。”他在心中暗暗数着，七幕剧已经结束了五幕，再有两幕，就能组成一串完整的电话号码，就能赶紧从这鬼地方出去，就能呼吸到新鲜空气了，想到这里，他又打起精神，强撑着继续观看接下来的剧情。

7

“Furies”。第六幕剧的名字叫作“Furies”，跟整部剧的大名一样。更巧的是，孟醒在剧中也设计了一出叫作 Furies 的剧，剧中套剧，精致得像是一场密谋。

“Furies，是希腊神话中复仇女神的名字，她是夜神 Nyx 的女儿，她手执火炬，与罪恶同行，在世间惩戒一切冤屈和过错。

“孟醒很聪明，被仇恨喂养长大的孩子，带着那种与生俱来的天赋与悟性，很容易就能成为天才。孟醒设计的第一部剧就叫作 Furies，改编自希腊神话，一个关于复仇的故事。”

随着女声的循循善诱，电梯外的空间里缓缓走出了一个身影，一个曼妙无比的身影。五楼的空间看起来比之前的几层楼要大很多，似乎在这里，能铺展开更多的剧情，能容纳更快的节奏。

虽然在强光的刺激之后，李策的眼睛看不真切，但还是明显能够辨识出孟醒周身游走的那股潮湿而诱人的气质。

说来巧合，孟醒设计的 Furies 也是一出浸没式戏剧，参与戏剧的观众被要求跟着演员一起在不同的场景中移动。

“时间与空间的同步流动能够带来以假乱真的体验。”耳机里的女声是这么解释的，但似乎是刻意一般，她把“以假乱真”四个字重重地磕碎在了牙齿间。

“当年希腊的大将军 Agamemnon 率军攻占了特洛伊，但在凯旋回来后不久就被妻子 Clymene 的情夫所杀。真理之神阿波罗将事情的真相告诉了 Agamemnon 的儿子 Orestes，并让他去杀了自己的母亲为父报仇。

“被自己儿子所杀的 Clymene 在垂死之际诅咒 Orestes 会受到复仇女神的惩罚。Clymene 死后，诅咒果然开始灵验。”

随着剧情的推进，饰演复仇女神的孟醒穿着一身白衣，在偌大的空间中四蹿，跟着她一起移动的，还有一位看起来已经上了年纪，步态都有些不稳的男人。

那是她的观众，是被邀请来观看浸没式戏剧的观众。

那个人是林振，不用女声点破，李策和蔡鸿也已经猜到了。

“复仇女神的魔爪是无孔不入的，无处可逃的 Orestes 去了雅典，祈求雅典娜能给出公正的判决。雅典娜召集了整个雅典城内最睿智的法官聚集到阿瑞斯山，审判这个案件。最后的判决是以投掷石子的方式给出的，法官们轮流向一个小钵子内投石子，黑色代表有罪，而白色代表无罪。最后的结果是黑色的石子数超过了白色的石子数。

“复仇女神的宝物是一样叫‘复仇匕首’的东西，上面沾染了受害者的怨恨。”耳机里的女声后半句还未说完，突然之间，孟醒就把手里暗握的匕首插进了那个男人的胸口，“匕首一旦插进仇人的胸口，便是偿还一切代价。”

鲜红的血液顺着“林振”的胸口喷射出来，那场景居然是有点美的，只是美得很残忍。不过，美本身就是一种残忍。

“孟醒早就发过誓，自己要复仇。把那些伤害过自己母亲的人，全部杀光。全部。

“林振，不过是一个开始。”

大概是浸没式戏剧的表演过于逼真，也或许是因为重度缺氧的大脑无法正常思考，李策觉得自己像是被突然投入到了沸水中，整个人猛地一下缩紧，胃也跟着剧疼起来。

“停在五楼的电梯不高不低，但如果突然坠落，大概也是粉身碎骨、血液四溅的场景。”不知道为什么，他的脑海中有了这样一个念头。

像是听到了他的腹诽一般，电梯果然开始迅速下降，人生就是这样，不好的预感往往都会成真。

但幸好，电梯只是下降了一层，又突然停住了。即便如此，李策心中不祥的预感还是愈演愈烈，仿佛有一根透明的线，牵连着这些剧情，只不过联结的方式并不是从一贯终的，其中还打着无数意向不明的死结。

此时此刻，李策觉得，这些死结分明是打在他和蔡鸿身上的。

8

电梯停在了四层，电梯门开，外面却空无一物。

有时候，什么都没有才是最可怕的，因为什么都没有就意味着什么都可能发生。

“一切都结束了吧。”许久不说话的蔡鸿突然间冒出了这么一句。他的声音很低沉，李策猜想，他大概也没有气力了，大概比自己好不到哪里去。

其实李策的心中早已有了模糊的答案，关于他和蔡鸿为什么会来到这里，关于为什么偏偏是他和蔡鸿，而不是别人。

那些答案和自己脑海中断断续续破碎的记忆有关，和那些或高瘦或圆润的女人，那些或冷漠或热烈的身体有关，和遥远的喉音，汹涌的气息，那些早已模糊的脸，那些连自己都回忆不清楚的面庞有关。

就在李策陷入混乱的思绪中时，一旁的蔡鸿已经拿起电梯墙上的电话，按下了七个键：3716254。

“对！电话号码，关于离开这里的方法！”看上去油腻而俗气的蔡鸿，在这个时候却表现得要比李策镇静得多。电话接通，还是那个熟悉的女声。

“怎么离开这鬼地方？快，快带我们出去！”李策像是透支了最后一丝力气般慌张地大喊起来。

“慌什么，这第七幕剧还没结束呢！”电话那头的女声听上去清冷得可怕，喉间像是含着一口寒气。

“第七幕剧？什么第七幕剧？在哪里？”

“第七幕剧，就是你们啊。”电话突然被挂断了，有人从黑暗中走了出来。是孟醒。

她脸上的面具已经被摘掉了，等她走近，靠近电梯内的光源，李策才看清，原来就是起初带他们进来的那位女侍应。她依然很美，一种动物性的美，只不过，此时此刻，她的美已经不能再激发任何动物性的冲动了，只能带来动物性的害怕。

她步态绰约，带着扑鼻的香气向他们走来。但那股香味混杂着蔡鸿身上难闻的汗味，像极了劣质皮革的味道，李策觉得自己的脑袋更加晕眩了。

“逼死孟味的人该死，林振当然该死，还有，”她的眼神突然锐利无比地射杀过来，“那些糟蹋过孟味的人也该死。

“看到林振是怎么死的了吧？你也是一样的。对了李策，你是不是觉得自己呼吸困难，头脑眩晕，双脚站不稳，就连胃都开始剧疼？

“这就对了，算算时间，药效也差不多该发作了。下次，可千万别随便乱喝桌上的东西。不过，好像也并没有下次了。”

孟醒每说一句话，李策就觉得自己的背上确凿地落下一样重物，他能感觉到自己的瞳仁越放越大，看什么都像失焦了一样。模糊中，他看到孟醒走过来打开了他脚上的手铐，还有那个连着他和蔡鸿的手铐。手铐一解开，他就不堪重负，整个人顺着破败的电梯墙滑了下去，好像一件在椅背上完全挂不住的破衬衫。

李策瘫坐在地上，大口大口地喘气，蔡鸿看起来比他好点，还能保持站立的姿态。李策费力地抬头："蔡鸿，快报警，快，快，救我出去。"

"周进，他叫你救他呢。"眼前的孟醒突然蹲下来，眼神中带着一种虚假的怜悯，看着李策说道，"可惜，没有人能救得了另一个人的。"

原来他是周进。

9

蔡鸿，不，应该叫周进，慢慢地用另一只手解开了自己手上的手铐，然后迈出了电梯。

他站在电梯外面，看着电梯里的两人幽幽说了句："也差不多该结束了吧。"

那是李策第一次这么直接地面对周进的正脸，第一次这么认真地审视他脸上的表情。周进正定定地看着自己，李策觉得自己的视力突然像是恢复了一点，但他自己知道，这不过是一时的回光返照，酸软的双腿依旧连支撑他站起来的力气都没有。

周进的额头依然是那么油亮，他的气质依然是那么浑浊，只是眼神中多了一些低沉的暴戾感，让人想到黄昏中的屠宰场。

此时此刻，李策和孟醒正在电梯里，周进在电梯外。说不上为什么，这一格局的变化似乎让周遭的氛围都有了些微妙的改变。

“好了李策，差不多再过半个小时，你也可以解脱了。”孟醒边说边站了起来，转身面向周进，“我们也是时候该收拾一下现场，准备离开了。”

“孟醒，谢谢你。”周进无端冒出了这么一句话，他整个人都藏匿在一片黑暗的背景中，好像随时就要融入进去，“不过，你还得留在这里，你要是走了，警察来了该找谁呢？”

“什么？”虽然看不到孟醒的脸，但李策还是能从她的语气中听出惊愕与讶异。

“你要是走了，我故意留给警察的那些线索不就都白费了吗？林振是你杀的，李策也是，你可真是我的好——女儿啊。”最后那几个字简直是硬生生从周进的齿缝里被挤出来的，带着一种彻骨的恨。

李策脑海中本就混乱不堪的思绪在此刻又以一种更纠缠难辨的姿态缠绕在了一起，一切又好像远没有看起来这么简单。

“为什么？为什么要这样对我？你忘了我妈妈了吗？你这么做怎么对得起我妈妈？”孟醒大概也完全没有预料到事情的走向，所有的情绪都在一瞬间垮泄了。

“哈哈哈哈哈。”可回应她的只有周进无来由的笑。

“你妈妈？我怎么会忘了她呢？我这么爱她，爱到都让她怀了我的孩子。可是她呢？”周进的语气一下狂躁了起来，他不想，也没有必要再掩饰了，“她就这么打掉了我们的孩子，还说我强奸她！这么多年来，我一直在被整个艺术圈封杀，这辈子都没有出头之日！”

周进越说越快，声线里有难抑的颤抖。当然不只是周进的声音在颤抖，还有孟醒，她的整个身体就如同有高压电流穿过，止不住地战栗。

“我真看不出来林振有什么好的，他这么老！还是我俩的老师，可你妈妈偏偏就是喜欢他，哪怕背负师生恋的骂名，哪怕是林振都老到生不出孩子了，她也愿意借精生子来跟林振共同抚养一个小孩！

“你妈难产去世之后我就把你偷过来抚养了。你可真乖啊孟醒，真乖，我说什么你都信，我说什么你都听，真是我的乖女儿啊，不仅帮我杀了你妈爱的男人林振，还帮我杀了他——”周进用眼神轻瞥了一眼李策，然后说出了一句让在场的两个人都惊愕无比又痛不欲生的话，“你的亲生父亲。”

“你看看他，就是这么一个人，你能想到吗？他居然是你的亲生父亲。他这么愚蠢，这么爱钱，为了区区一千多块钱就会去卖精，为了 500 块钱就跑来送命。

“哈哈哈哈，你能想到吗，你的亲生父亲居然是这样的一个人。愚蠢低贱成这样，就他，凭什么能跟你妈生孩子？你倒是说说，凭什么？”周进的情绪已经走到了悬崖边，倘若再放大万分之一，大概下一秒他就要直接进来掐死李策了。

但他忍住了，李策是孟醒的罪状，不该由他来“破坏”的。

这简直是自己生命中设计过最完美的一场戏剧啊，周进咽下心中的怨愤，略感欣慰地想，而林振，而李策，而孟醒，全部是这场戏剧的祭品。

在周进转身走进身后的那片黑暗前，最后又看了眼瘫坐在电梯里的李策和孟醒。

“Paternoster，两人电梯，刚好用来容纳你们俩。但其实，Paternoster还有另外一个意思：咒文。

“而Furies，复仇女神，其实是至上神Uranus被阉割后的鲜血化成的。Furies，复仇女神，原本就应该是个男的。”

自问自答

—

你觉得

我平刘海好看

还是

大光明好看

我觉得

你

少吃点好看

在每碗我们一起吃过的食物前，我都想你

在这个世界上，如果说还有东西比食物更能慰藉人心，那就是爱。

1

我从没怀疑过割包是个小色坯。嘿，你也觉得是不是，一听名字就让人想歪。不过，他的名字还真是鸡肉割包的割包。擅自加后缀的那位，啧啧啧，害不害臊羞不羞！

我一直觉着，臭味相投才是铁血真感情得以维系的关键所在，就像我和割包，第一次见面的时候就知道彼此都不是啥好东西，简直是一拍即合。至于为什么叫他割包，是因为我曾在某一个晚上带他吃了他人生中的第一个奥尔良鸡肉割包。当时，我不敢相信他以前从来没吃过这个，我更不敢相信他吃割包的样子就像个刚开荤的三代贫农。至于，他带我扫荡了整条街所有便利店的割包这件事，美得我不敢回忆。所以，我就连夜赐了他这个爱称。

2

割包有很多女朋友，有些颜正，有些身材好，至于两者都没有的，对不起，我看了忘了。虽然有那么多女友，但他从来不和她们一起吃饭，从来不。他喜欢一个人安安静静地吃，特正经，特像个人，就像《不能结婚的男人》里的阿部宽。

因为割包在很久以前交往过一个姑娘。

“大钱，你知道吗，她可爱吃了，一顿不吃就又蔫又丧惨兮兮，让人忍不住想给她买吃的。

“大钱，你知道吗，她还喜欢做菜，她做的菜特好吃。

“大钱，你知道吗，我们在一起那会儿，每天必须是身体和心灵至少有一个在饭桌上。”

“不知道不知道，你手上的割包还吃吗，不吃我吃了。”

他俩认识那天还真是个相当特殊的日子——台风天。那天的雨下得跟在广场上斗舞的大妈一样。天上的云啊，清一色得了尿频尿急症，稀里哗啦的，不带休场地下了一天。姑娘在这种风劈雨杀的天气里毅然决定出门，她就趿着双人字拖，淌过千水万水，出来买夜宵，独自一人。不过，话说回来，像她这种超过 0.05 吨的体型也没什么好怕的，搁风口一站，必须是岿然不动的架势，那么坚定，那么稳重。她经过路口的时候，正好割包和一妞在那儿推推搡搡的，伞已经被打飞在一边。等她走近，那两人都已经蹲在地上，女生把头埋在臂弯里闷声大哭。也不知道姑娘当时是脑子进水了还是脑子进水了，居然大声唱了句“亲爱的小妹妹，请你不要不要哭泣”（参照二十世纪九十年代迪斯科女王蔷蔷的金曲《路灯下的小姑娘》），然后割包那傻逼简直在雨中笑成了嗑多 N_2O 的重症病人。

第二次见面是在姑娘家附近的大学举办的乐队专场音乐会上。

割包站在第一排，可劲儿扭，后摇专场都能给扭成朵麻花。那时候他留个二十世纪九十年代最流行的郭富城式分头，瘦，是那种得了文青通病——厌食症的瘦，整个人像是从二十世纪七八十年代作家回忆青春的小黄书里走出来一样，潮湿至发霉的脏，又脏又性感。当时人姑娘压根儿没认出他来，倒是他，一回头就：

"呀，你不是那天那个亲爱的小妹妹吗？"

"你才小妹妹！我特么是你大姐姐！"

3

姑娘遇上割包时，只是个普通的暴食症少女。这是个很可怕的病，食物是药亦是毒。吃东西变成了一种软瘾，一种钻入骨髓的痒，一种潜意识层面的自我虐待。因为孤独，她每天要吃好多好多的饭。认完亲的那天晚上，他俩就相约一起去吃烤串儿。"老板，二十串里脊二十串鸡胗十串掌中宝十串大鱿鱼五根台湾烤肠再加七串鸡皮三串秋刀鱼两串大茄子多放辣椒茄子要蒜蓉。"这么一气呵成豪放无比挥金如土目空一切的开场白一下子就俘获了割包的心。他俩就这么好上了。姑娘不再病态地暴饮暴食，她有了更加重要的事，就是和割包一起做饭一起吃。她不再每天于打破原则获得的短暂快感和接踵而来的负罪感之间反复煎熬。她觉得快乐觉得满足，她不再总是感到饥饿难耐。在这个世界上，如果说还有东西比食物更能慰藉人心，那就是爱。

"大钱，你知道吗，和她在一起你从来不会有饿的时候。果盆儿里永远都是满满的葡萄荔枝小番茄，好像永远吃不完，永远放在我够得到的地方，冰箱里永远装满巧克力三明治酸奶和可乐。大钱，你知道吗，她会每天给我做便当，油焖对虾栗子炖猪蹄蒜薹炒蛋香煎五花肉白菜狮子头蜜汁烤翅，摆在便当盒里，花花绿绿整整齐齐。大钱，你知道吗，下雨天，她会在家里炖汤，锅里冒着绵密的泡泡，咕噜咕噜咕噜咕噜，我的心里也在冒泡。”

那个时候，他们住在一起，姑娘在一家极限运动器材公司上班，每天晚上下班，姑娘都会提一篮子菜回家。新鲜的肋排，剁成方方正正一块块，过水去浮沫，用料酒生抽腌上那么二十分钟，拿热油炒冰糖和香醋，炒得黏嗒嗒的时候，排骨入锅，滋啦滋啦，听着就要流口水，然后不停煸炒收汤汁，出锅前记得要把剩下的汤汁浇到排骨上，千万别浪费哦，好吃到不用洗盘子！有时候也做辣子鸡，一大锅的宽油，辣得红艳艳，花椒干辣椒一起炒，香得入骨，记得要撒一把葱花和芝麻，最后尝一下味道，要是放多了辣椒，姑娘立马跑出去亲割包，把辣过给他，坏得不行。啊，厨房里还有紫砂煲呢，煨着一锅鱼头汤，奶白色的汤汁噗噗噗，热气四溢。村上龙说过：“好喝的汤是很可怕的。汤是那么温暖，又是那么美味，让人忘了朋友，忘了痛苦，忘了烦恼，一切的一切都忘了，只顾喝着我的汤。”好喝的汤确实是很可怕的，割包喝着喝着，就想，如果每天都能喝到就好了，如果可以喝一辈子就好了。生平第一次，他萌生了想娶一个姑娘回家的念头。生平第一次，这个策马红尘的浪子想要泊岸。

4

“大钱，你知道吗，她的头发里藏着春天，每天都蹦蹦跶跶吭哧吭哧，像只小鹿。

“大钱，你知道吗，她一说话，我就忍不住想笑。

“大钱，你知道吗，和她在一起，我很容易就会想到天长地久。”割包在说这些话的时候，眼睛亮亮的像是一口水井。

“那后来呢，是因为吃得太胖而分手了吗？”

“她走了。”

“去了哪里？”

“大钱，你知道吗，她很好看，是那种压秤的美人，有热气。”割包只是笑着说了一句不着边际的话。

那是他们在一起的第二年，姑娘的工作逐渐步入正轨，渐渐忙碌，同时，他们感情稳定。每天吃一个西瓜，看一部电影，走一条路上班和回家，窝在同一张沙发上想着以后你打麻将我跳广场舞的生活。那个时候的割包不关心政治，不关心穿着，不关心街上姑娘们的大白腿。留着小田切让同款乞丐头，整个人像被系统重装了一样，喜怒哀乐一股脑地写在脸上，事无巨细都能无限度让步。割包真的是觉得找到了爱人，对，就是爱人，他记得在他高中的时候，碰到过一个有腿疾的语文老师，谦逊温润，每每提及自己另一半的时候，永远称之为爱人，而不是其他。当时只觉得是文人的酸楚和腐朽气，但现在割包完全不觉得。他觉得他们好像永远有着相同的固有频率，永远可以共振，割包再也不需要用那些泡妞绝招谈感情秘籍，只需要散漫地幸福着。好的感情，就是有这样的魔力，你不用端不用装，只要躺成一个大字使劲儿耍赖就好。幸福，快乐，都是特庸俗的事儿。

我见过姑娘的模样，在割包给我看的照片里。那是他们去台湾旅行的时候。姑娘站在海边，微眯双眼，脸盘干净头发乌黑，整个人盈软腻滑，明眸皓齿的样子。她让我想到安房直子的《野玫瑰的帽子》——“像拂晓时分的月亮”，就是那种让人一看就想把世界上所有最好吃的东西都买给她，把世界上最好的运气都送给她的人。那个夏天，他们从台北到垦丁再到高雄，然后经由九份和十份回到台北。他们在十份这个和它名字一样美丽的地方放孔明灯，上面写着“我们在十份，十分幸福”。在垦丁，割包骑着小摩托载着她，慢慢开到台湾的最南端。他们在海边吃西瓜，把瓜拍碎在礁石上，红瓤在手上，啤酒在肚里，爱人在身边，喝啊喝，喝到夕阳坠落满天星，喝到一身都是酒味。

5

也在那年的秋天，姑娘的公司有个特别好的外派机会，去新西兰三年。秋天呀，是个特别神奇的季节，它留不住，走得快，所以你更希望它快快过去。就像有人说过，在仲秋乘公交车的每个人，都像是要去远方一样。

姑娘左右互搏很久，她也不想离开割包，但新西兰是著名的极限运动的天堂，皇后镇又是著名的探险之都，那里的市场多广阔呀，一定会有很好的机遇与发展。最后，为了彼此能有个更加舒坦的未来，她决定要出去。割包自然是抽抽搭搭地不放行，但最终他还是让步了。一个曾经激进冲动的热血少年在此时选择了妥协，选择了牺牲。爱就是这样啊，你投降，你缴械，你战败，还心甘情愿无条件地割地赔款。很多时候我们也会想要强求，想要撒泼发脾气，但你不能一直任性啊，你要懂事，虽然懂事很委屈，懂事也很辛苦，但你也只能一边懂事一边哭。

“大钱，你知道吗，原来我一直以为我人生中的快乐，一部分藏在食物里，一部分窝在音乐中，还有一部分绑在她身上。后来，她走之后，我才发现，她才是我的食物我的音乐，是我一切的一切，是我全部的快乐。

“大钱，你知道吗，她是我生命中出现过的所有人。”

原来，割包眼里那些破碎的光亮不是一口水井，而是一座少女冢。

走的那天，姑娘做了好多好多好吃的。割包想告诉她，他爱她，但是他没有，他只是默默吃完了所有的东西。他想开口挽留，但是他也没有，他怕一开口就会溃不成军，所以他只是不停地吃，所以他只能不停地吃。

最后，割包把一万颗破碎的眼泪擦拭干净，收进了姑娘的行李箱里。他们在汽车的后视镜里见了最后一面。微笑道别。

姑娘出国之后，他们只能通过电话微信来联系。那时，割包才发现，原来上海这么大，这么多条街，这么多饭馆，他却不知道去哪里吃饭。有时候割包接到姑娘打来的越洋电话，新西兰的夜里瓢泼大雨，但割包在上海却是好天气，割包就想，为什么上海不下雨，如果能够拥有一样的雨天，是不是可以假装还待在一起。姑娘其实是个非常聪明能干的人，马上，她在新西兰的生活步入正轨，在工作上也得到了很多的赏识和提拔。她是真的很喜欢这份工作，还经常能去蹦极跳伞滑雪冲浪。而割包呢？生活依然千篇一律没有重心，每天就是等电话和数日子盼姑娘回来。终于，有段时间，割包很久没有收到姑娘的电话、信息、邮件。什么都没有。他找不到她。割包当时就跟疯了似的，你知道那种生活突然失重，但你却什么东西都来不及抓住的感觉吗，对，就是这样。割包只能去找姑娘的朋友，但却得知，姑娘在那里，在那个美得像种在云上的地方，有了新的恋情，并且很快就要结婚定居，不会再回来了。那天，割包不记得自己是怎么回到家的，黑漆漆空无一人的家，割包打开冰箱，里面没有巧克力三明治，也没有酸奶和可乐，没有很久了，以后也不会再有了。冰箱里只有几罐啤酒，两个月前的过期啤酒。

将近一年的时间，割包都处在一种混沌恍惚的状态里，他剪掉了他的小田切让头，经常在夜里一个人操着酒瓶走很长的路再走回来，他每天给他们一起养的植物浇水，但那些植物最终还是死了。他交很多很多的女朋友，但是他从来不和她们一起吃饭，总是一个人安安静静慢慢地吃。

“大钱，你知道吗，那时我真的觉得自己快死了，我会想她，在每碗我们一起吃过的食物前。”

割包说着，第一百零一次地把手上的烟盒揉皱。

6

故事讲完了，这个专属于割包的故事，这个这些年来他对外对己一致的口供，就这么结束了。

我要讲的是第二个故事。

其实割包最爱的姑娘并没有移情，也没有别恋。她只是在一个很平常的日子里，就像以前一样，为最新的跳伞器材去做测试，但她搭了一架会爆炸的直升机。那地方是真美啊，云铺满天角，海盛满桅杆，阳光战栗，微风融化，连公路都是柔软的。她就这样飞在空中，跟着飞机一起爆炸，就这样永远留在了那个像种在云上的美丽地方。至于割包，深情的割包，无法接受爱人变成碎片的事实，就一直一直活在自己对自己的欺骗中。

而我，始终无从知晓，不爱，和死，哪一个更让人绝望。

最后一张筹码牌

如果他在乎你，就会编一个故事来骗你，为了和你站在一样的道德底线。

1

身为一个赌徒，最重要的呢，就是在适当的时候大输一场。

有时候赢得太多并非好事，这就好比是在高速公路上开车，太过笔直顺畅的道路往往最具有欺骗性。感官失灵得越久，戒备心消散得越彻底，撞车的时候就越容易酿成人车俱毁的悲剧。

比如现在，几分钟前在赌桌上喊出“All in”的宋轶有多杀伐决断，此刻坐在赌场餐厅里的他就有多颓丧泄气。如同刚结束了一场在烈日下的性交，乏力，疲惫，从他的脚后跟升腾上来，灌满了全身。也不知道是什么力量拖拽着他走向了餐厅，但他脑海中还残存着一个清晰的念头，那就是赶紧离开这个腥臊不堪的地方出去透透气。

这是自从来了这家赌场以来，宋轶输得最厉害的一次，也是自从来了这家赌场以来宋轶第一次来到餐厅。

凌晨四点的赌场挤满了人，但赌场餐厅却是完全不同的光景，大厅只有宋轶一位顾客。其实，餐厅倒是一贯这么萧条，杀红了眼的赌客怎么会愿意离开赌桌呢？大多都是在饿得不行的时候匆匆点一些食物，然后在赌桌旁边草草解决完事。

宋铁点了一碗最简单的牛肉面，就跟往常一样，唯一不同的是，这次总算是坐到了餐桌边。面上来的时候，宋铁突然间觉得很饿，身体被掏空一般的饿，像是欲望消退之后感官的突然回归。

凌晨四点，一位失落的赌徒正借着微弱的天光吃面，这么一想，宋轶突然觉得自己有点荒诞，还有几分可笑。可在晨光的氤氲下，眼前的这碗面多好看啊，面上的热气缓缓上升，如同一个倒流的瀑布，又像一团移动的云朵，教人怎么忍得住。碗里的面条在筷子的拨弄下还会轻轻摇曳，夹一口入嘴，直溜溜的面竟滑软无比，汤更好，里面有半融化的番茄，有牛腩的咸香，有葱花，有溏心蛋流出的黄，一股蒙眬的滋味。虽然烫嘴，但宋轶贪恋滋味，喝得急，一时竟逼出了眼泪，一碗面下肚，周身淋漓。

宋轶惊觉赌场的面居然这么好吃，居然比外面的任何一家餐厅都好吃，比他人生前四十年吃过的所有面都好吃。可自己之前却从未发现。是啊，又怎么能发现得了呢，毕竟赌徒是什么都不在意的。

2

在赌场当厨师是一件很偷懒的事情。

因为再也没有一个地方会像这里一样，把吃当成一件如此随便而敷衍的事情。几乎没有人会浪费时间跑来餐厅吃饭，也没有人会在意食物的味道。他们点得最多的食物并不是什么金贵复杂的菜式，你知道的，精美的食物一般都不容易消化。

被冷落许久的胃哪里还经得起折腾，随便要一碗牛肉面吧，或者是一碗皮蛋瘦肉粥，就这么潦草地在赌桌旁边解决了。

陈雾有时也会观察客人们的吃相，虽然真的一点都不优雅美观。他们是忘记了自己的舌头地在吃，是阉割了所有感官体验地在吃，是一种动物性的掠夺，是一种对食物的性侵犯。那些食物顺着他们的食道下滑，掉入胃部，被细胞转化成能量，再通过他们盯着赌桌的精光四射的眼神释放出来。

只有在餍足之后，他们颓然地倒在椅子上，那分钟的失落与怅然，反倒让他们看起来更像个人类。

所以当宋轶走进餐厅的时候，陈雾一下就注意到了他，一个失落而疲惫的人类，身上仿佛有个黄昏时的废车场。

“你看起来很饿啊，要不要再来一碗。”

“是赌了一晚上都没有吃东西吗？”

话一出口，陈雾就觉得自己僭越了，还好对方倒是不怎么介意。

“是啊，饿得不行了。”

“不过，你这面煮得倒是真好吃。”

不知是不是因为受了夸奖而心生愉悦，陈雾竟觉得宋轶讲话有些好听，字和字之间似乎并没有任何的附着，像是各自散开，自由排列，中间还有风穿过。

“好吃就多来吃吃呗，多吃几碗面，少玩几局牌，有益身心健康。”看宋轶这么松懈的样子，陈雾讲话也不自觉地随意了起来。

宋轶抬头看了眼陈雾，突然发现原来赌场里不止有红唇挑眉，半个胸脯都要随着夸张的笑声掉落出来的女荷官，还有这样站在烟火之地，手里拎着食盒的女人，一时间觉得有趣。“你每天在这里上班？”

“嗯。”

“那你怎么能忍住不去玩几把？”宋轶玩味地看着眼前的女人，算不上好看，但很年轻，眼神像是一块还未被殖民过的土地，生涩而认真。

“为什么不赌？嗯……赌博嘛，赢会把你捧上天，但输，让你又重新回到人间。

“我这个人嘛，有恐高症。”说罢，陈雾还故作无奈地摊了一下手。

“哈哈哈哈哈哈哈哈。”宋轶觉得好玩，忍不住想跟陈雾多说几句话，这种感觉就像小时候总会忍不住对着冬天的玻璃窗哈气。可惜陈雾打断了他：“先生，我快下班了，你要是不吃我就收了哦。”说罢，便自顾自收了碗筷，像是着急离开这里似的，宋轶只得把快到嘴边的话又咽了回去。

3

之后的两个星期，宋轶一下接到了好几个出差的任务，一直都没空再来赌场。可心里还是想得紧，倒也不是单纯的手痒，说来奇怪，心里总是会忍不住想到那碗凌晨四点的牛肉面，算不上痴缠的牵挂，也不是抓心挠肺的想念，而是“挥之不去”，就这么淡淡地悬在脑海中，每天吃饭的时候，夜里睡不着的时候，偶尔出现一下子，像是空落落的胃在提醒他些什么。

第三个星期的星期六，宋轶又来到赌场的时候，竟破天荒先走去餐厅吃面，连他自己都忍不住为这份莫名其妙的口腹之欲而感到羞赧。

“那天，你怎么走那么急？是赶着去约会吗？”陈雾剪了短头发，对他笑的时候更像是一只小兽了，丝毫没有学习过如何压抑自己的天性。

陈雾不置可否：“你呢？在人间待了两个礼拜，又想来寻找安慰了？”

“寻找安慰”，宋轶第一次听到这种说法。但仔细一想，好像还真是这么回事。

对于赌场来讲，最重要的是建立一个时光凝滞的空间，墙壁上不允许挂任何钟，工作人员不允许戴任何表，时间是模糊的，欲望却是清晰的，赌下去吧，最好赌到不知今夕是何年。甚至还有赌场把信号搞得特别差，赌客一进去就接不到电话，连不上网络，来自现实生活的最后一丝干扰也被消灭干净了。

但没有人知道，走进赌场的人，有多少就是为了这个时光凝滞的空间，可以让他们暂时逃离现实的生活，逃离真实的人生，像是得到一场四五个小时或者更长一些的假释，在这里，你不再是一个“老板”“合伙人”“丈夫”“爸爸”，你只有一个和所有人都一样的身份——“赌客”。这里有空间，却没有时间。有人，却没有人际。这些难道还不够让人沉迷吗？

而且，因为聚众，因为有了共犯，那种杂糅着羞耻的安全感，那种不负责任的隐秘刺激与快感，又被乘了好几个立方。

每个中年人都有自己的坐困愁城，而宋轶在面对这个二十出头的女孩时，居然第一次有了种心事被洞穿的感觉。

“你别一开口就这么有道理，好像已经活到四五十岁了一样。”

“别别别，我才不要像赌场里那帮四五十岁的老男人一样，就跟个用了很多年的破手机似的，明明电量还有百分之四十，可就这么自动黑屏了。”

“哈哈哈哈，老男人。”宋轶突然觉得有些失落，是否在陈雾眼中，自己也像那些零件失灵的老男人一样，早早地熄灭了呢。

4

陈雾心里可不是这样想的，从一开始起，她就认定了，一个会走来餐厅吃饭的赌徒绝对不是好的赌徒，但却可能是个好的人。

她把小女孩特有的机灵和敏锐轻轻抛给宋轶，像抛羽毛球一般，这是她向一个男人示好的方式。如同一只小狗，朝你小吠几声，又赶紧晃着尾巴跑开了。

但宋轶是不会了解小女生的这些心思的，近十年来，他对女性认知差不多都是通过他老婆蒋莹塑造的。对，是女性，不是女生，也不是女孩。

倒也不是没有别的女人会时常对着宋轶暧昧地笑，热情地过来拉宋轶的手，但宋轶只觉得自己像沾了满手浓稠黏腻的糖浆。

洗掉可是一件很麻烦的事。宋铁不想消受。

如果可以选择的话，家的温馨宋铁也不想消受。每天一回到家便要面对一团板结的空气，奶黄色的花壁纸，跟对门、对楼的每一户人家都一模一样，根本无从分清哪家是哪家。还有阳台上晾晒的女士棉内裤，从S号到M，再到L，被生活撑得越来越大，单调，乏味，不堪入目，一如生活本身。

有时候他也会感到一瞬间的恍惚，这到底是哪里？我为什么会站在这里？有时候他也会觉得自己像是头顶那盏被天花板费力拽住的吊灯，缀满了可笑而多余的假水晶。

有时候，明明车已经停在了家楼下，熄火，拔钥匙，车里不开灯，他就这么在一片黑暗里静坐许久，或者倚在车边抽完剩下的烟，假装若有所思，假装如其他中年人一般深沉。再缓缓上楼。

后来，他就迷恋上了赌博。

再后来，他就迷恋上了陈雾和她煮的面。

5

宋铁有家室，陈雾是在他们认识快三个月的时候知道的。

倒不是宋铁隐瞒，而是陈雾从来没有问过。人总是会刻意避开那些自己在心里早已有了答案的问题。宋铁天天来找陈雾吃面，陈雾心里自然明白，他是喜欢她的，这原本是一件挺好的事情，但坏就坏在她也喜欢他，那事情就变得令人疲惫了。陈雾想知道宋铁对她的喜欢到底有多少？会不会比喜欢她煮的牛肉面多一点？太令人疲惫了，中年人的眼神总是明明灭灭，中年人的言语也总是扑朔迷离。

陈雾时常在想，如果能提早十年认识宋轶会不会好一些，那时候他应该还是个崭新的少年，若是真的喜欢自己，肯定就像个刚烧开的水壶，不用等陈雾开口问，自己就先呜呜呜地叫了起来。

那天下午，陈雾给宋轶递筷子的时候，突然碰到了宋轶的手，她一下意识到递筷子原来也是一个如此亲密的动作，就跟点烟、摸头、挽手一样。

她忙着缩回手的样子大概是可爱的，宋轶忍不住一直看着他。但陈雾却别过了头，也不是害羞，更像是上学的时候，老师突然抛出了一道无人可答的难题，全班缄默，可老师的目光却偏偏投向了她。只能低头吧，赶紧低头吧，我并不情愿承受你的目光与注视。

注视和亲密都应该被抵挡。陈雾觉得自己并没有准备好成为别人生活的希望，哪怕是一瞬间，也是不情愿的。

6

晚上陈雾下班的时候，竟意外发现宋轶在赌场门口等她，这是他们第一次在除了赌场之外的地方见面。

陈雾猜想自己下午的反应大概是让宋轶沮丧了，因为此刻的宋轶正醉醺醺地站在眼前，而陈雾是他唯一解酒的意识。

“你想吃什么？我请你吃晚饭。”

“啊？”宋轶刚出口的第一句话就把陈雾问懵了。从来都没有人问过她想吃什么，都是她在问别人。似乎厨师就是生来取悦他人味蕾的，似乎他们生来就没有长胃。

陈雾仔细想想，发现竟然连她自己都没有问过自己这个问题，一个人的时候，反而吃得非常敷衍，炒个时令的蔬菜，稍稍撒点盐就算调过味了，或者拿水白灼，用酱油蘸着吃。吃得最多的是炒饭、意面、三明治之类方便快捷的食物。需要处理的动物肉类几乎是不碰的，最多煎条鱼或是调好味的牛排。

因为别人不在乎，所以连自己也刻意不去在乎自己。大概就是这样。

“你到底饿不饿嘛。”倒是宋轶打断了她的思绪，陈雾简直要在心里笑出声来，一个快四十岁的男人居然站在这里用“嘛”这样的语气助词跟她撒娇。

“不饿不饿，我吃过饭了。我陪你站在这里吹吹风，醒醒酒再回家吧。”

“那好吧。”宋轶摸索着从口袋里掏出烟和火机。傍晚的风有点大，从四面八方吹来，宋轶费力地打了好几次火机都不见火苗。陈雾像是惯性一般伸手帮他挡风，拿手指去拢那团微弱的火光。

又是一个过于亲密的动作，陈雾意识到了，但这次，她没有抵挡。

“宋轶，你偷过东西吗？”话一脱口，陈雾都被自己吓了一跳。那是很久以前有人告诉过她，若想测试一个男人的真心，就问他这个问题。

因为这个问题一旦问出口，对方就会默认你是偷过的，如果他在乎你，就会编一个故事来骗你，为了和你站在一样的道德底线。

如同一种结盟，一种共同越界，一种共谋，一种把咒语悄悄讲在你的耳边。

7

“鞋。”宋轶吸了一口烟，吐出，眼圈缓缓上升，遮住了他看向陈雾的微眯着的眼，“我偷过一个女人的鞋，一只高跟鞋。

“她是我的初恋情人，我们家住得很近，可以算是一起长大的青梅竹马。我们十二岁就在一起了，真的是很早的早恋。那时候我还因为偷亲她被她妈妈追着好几条街打。

“但读高二那年她就搬家了，搬去了一个很远很远的地方。我们写信，在很长一段时间内，我们不停给对方写信，说了好多，你知道的，都是那种小孩子会说的话。

“后来，就很多年没联系了，十几二十年？总之差不多那么久吧。再后来，是在朋友的婚礼上碰到，真的是很巧很巧。

“我还是爱她，因为我从她身上能看到十二岁的夏天。但是你知道的，我无法放弃我现在的，”宋轶突然停顿了一下，像是很艰难地吐出来两个字，“生活。”

“告别她的那个早晨，我悄悄偷走了她的一只高跟鞋。哈哈，我也不知道为什么，大概是为了留作纪念吧。”

宋轶突然就不说话了，因为他的故事讲完了。陈雾也说不出话，因为她在为他神伤。他们俩就像被切断电源的两盏灯，静默着对立着。

“喂，你不会是感动得想哭吧？”还是宋轶先打破了这沉默。

“好吧好吧，其实我是编来骗你的。要是我说没偷过，那未免也显得我这人太无聊了。”宋轶低头去探陈雾的眼神。

“不过，你等等。”还没等陈雾反应过来，宋轶就径自转身走进了赌场。

等他重新走出来的时候，手里握了个红色的小圆片，一把塞到陈雾的手里：“哪，这是我刚为你偷的筹码牌。这是我第一次偷东西，为你。”

要说不心动是不可能的。陈雾说不出自己的人生中是否曾遭遇过什么浪漫的时刻，如果有的话，那此时便算一个。

昏黄的暮色中，有火星起起落落，一缕烟消散，最后的红点也跟着消失了。

突然之间，宋轶腾出手抱起了陈雾。陈雾被这朴素的示好搞得措手不及，有一股微醺的甜劲在心里溢开，好像她才是喝醉的那个。

宋轶抱起她转了一个圈，他们就像是贴合在一起的钥匙和锁孔，被人一转，便有什么东西像门一般被开启了。

在很长一段时间里，陈雾觉得自己是看不清宋轶的，她倒宁愿他是赌桌上高高码起的筹码，一眼就能看得清代价。但此时此刻，在离灯火通明还很遥远的地方，在弧度优美的下坡路，在路人无所事事的脚步声里，在这个甜蜜恍惚的世界，她突然生出一种被吞噬的渴望。“这把我 All in 了，你随意吧。”

8

在那晚之后，宋轶也明显察觉到自己跟陈雾的关系有了变化，是因为醉酒？还是因为其他？宋轶自己也不明白，但变化却是笃实存在的。比如第二天起床的时候，他支着头躺在床上看陈雾给他做早餐，他能明显感觉到陈雾的开心，一时半会找不到拖鞋开心，光脚踩在木地板上开心，地面不是那么干净也开心，开心得像一条刚上岸的美人鱼。

这种毫不避讳的开心让他欣慰，但同时也让他害怕。

他们坐在一起吃早饭，这又是一件很亲密的事情。

“我们这是算在一起了吗？”陈雾头还低着在舀粥，突然就问了这么一句。

宋轶心里咯噔一下，有时候语气是比话本身更可怕的东西。但陈雾这句话没有任何的语气，就好像在问：“今天的粥好像煮得有点淡，要不要加点盐？”

宋轶想到，蒋莹也不是生来就是女性，她也当过女孩，也曾是化学质地的，也曾让他想起大学时放着奇奇怪怪瓶罐和五颜六色试剂的实验室，也曾是他眼中值得花一下午时间专心注视，耐心调配的化学反应产物。是芳香烃。

陈雾的爱是不顾一切秩序，是混乱，是未经开化，是“薄冰抱夜我走向你，我走向你何止鲸向海，何止鸟投林”。但宋轶不一样，他是向海撞到过冰山的鲸，是投林伤到过翅膀的鸟。

宋轶的犹疑有些直白，隔着一张桌子的距离，陈雾也察觉到了。

“我知道你有老婆。孩子，大概也是有的吧。”

宋轶没有说话。

“没关系啊，我也有男朋友。在一起很久了，大概，快要结婚了吧。”

如果她在乎你，就会编一个故事来骗你，为了和你站在一样的道德底线。

宋轶应该察觉到的，但是他没有，因为“相信”是他此刻唯一能抓到的稻草。

9

陈雾比谁都清楚，宋轶是那种人，是那种宁愿偷走一只高跟鞋留作纪念，宁愿错过，也不愿把生活当赌注来赌一把的人。就是那种中年人。他不愿输。

统计学里的大数定律告诉陈雾，当实验次数越来越多，实验结果将无限接近于平均值。也就是说，你赌得越多，输赢其实是越来越平衡的。她想，那如果我爱得多一些，会不会也有一半的胜率？如果有，也是好的。

可统计学没有告诉她另外的一些事情。比如，这个定律并不适用于个案。

宋轶四十一岁生日前的一个月，陈雾跑去他出差的城市看他，提前为他过生日，因为生日当天宋轶要在家里过。其实，陈雾已经感觉到悲哀了。爱本来就是一件悲哀的事，因为就连“被爱”听上去都那么“悲哀”。

那是在一个临海城市，建筑和建筑之间隔着很生疏的距离，显得整个城市非常开阔。空气中有一股清爽的咸味，是一个个小小的海。

宋轶没有时间陪她，陈雾就自己瞎逛，也算自得其乐。临走前的一天，他们去逛了大广场和博物馆，回去的路上正赶上晚高峰。临海城市的每条道路都堵得满满当当，喘不过气。他们思忖了再三还是决定去坐地铁。

可地下的场景比地上还要可怕。人和人之间挤到没有任何距离，他们僵成一团，在列车到来的时候溢出来，再陷进去。

陈雾觉得烦躁，同时也察觉到了宋轶的烦躁，这让她觉得更加烦躁。

列车到来的时候刮起一阵气流，里面有股人群腥臊的味道。陈雾原想等下一班车再上去的。但无奈人流实在太湍急了，她的脚跟完全抓不住地面，一个恍神，她就这么被人流卷上了车，等她回过神时，车门关上，眼前是宋轶愕然的脸。

地下完全没有信号，他们没法联系到对方。现在只有四种情况：各自站在原地；同时去找对方；她在原地等宋轶来找她；宋轶在原地等她过去。

他们只有一半的概率能顺利找到对方，而这一半的胜率要建立在他们有把握自己足够了解对方、足够相信对方的基础上。

宋轶会安心站在原地吗？还是会忍不住过来找自己呢？陈雾

突然意识到自己其实毫无把握。

在拥挤，逼仄，无法逃离的地下铁，陈雾押下了她的赌注，等在原地。

这次她选择等在原地，等宋铁过来找她。

10

可惜，宋铁依旧没来，他也选择等在了原地。他们重新汇合，是在折腾了好几个小时后的酒店大门口。

陈雾想好好问问宋铁，自己对他而言，是不是和赌场，和面，都是一样的东西，只不过是逃离生活、寻求安慰的手段，而从来没成为生活本身。

但她没有问，她就站在那里看着宋铁，看着宋铁责怪她为什么不回去找他，看着宋铁越说越激动，激动到额头上都渗出了细密的汗珠，他的愤怒那么居高临下，那么一本正经，那么无辜。

陈雾一下觉得好疲惫。她也觉得奇怪，自己爱了宋铁那么久，为什么突然会在这一瞬间，为了这么一件小事而感到如此疲惫呢？不是的，她突然意识到，原来自己已经疲惫很久了。

看着这样的宋铁，陈雾忍不住笑出声来。

宋铁终于停了下来："你笑什么？"

"宋铁，"陈雾收拾好情绪，看向宋铁，试图让自己看起来更坚定一些，"我累了，你也很累吧。

"这次我们不如决绝一点，赌最后一把。

“我把手上这个筹码牌抛上去，如果落地时有数字的那面朝上，算我赢，我们就在一起。如果是红色那面朝上，我们就不要再见面。”

“咯嗒”，宋轶又掏出了烟点上，陈雾知道他每次一犹豫就会抽烟，就像条件反射。

但陈雾不想等了，不想等他的回应了，因为这对她来讲已经毫无意义。

陈雾知道自己无论如何都不会赢的。宋轶送给她的那张筹码牌两面都是红的，根本就没有数字。如果他细心一点的话，应该会想起来的。如果他真的在乎的话，应该会想起来的。陈雾甚至打算好，如果他想起来的话，就继续疲惫下去。

陈雾知道自己无论如何都不会赢的，因为宋轶是她的死局，是统计学上的缺陷。

因为爱得比较多的那方，一开始就已经输了。

但她已经不想等了，不想等宋轶把手里的烟抽完，不想等宋轶说出那个“好”。她用力把手里的筹码牌往上一抛，像是挥霍完了最后一点力气和希望。

红色的筹码牌从陈雾的手中挣脱，在半空中飞快旋转着，用力地跳动着，穿透带着咸味的稀薄空气。慢慢地，它开始坠落，开始平静，开始恢复原状。

就在它快要落地的那一瞬间，陈雾突然背过身，背对着宋轶和那张似乎永远不会落地的筹码牌，大步往前走去。

并没有太多的人死于心碎

有时候，人类相爱并不是一切悲剧的源头，在一起才是。

你根本不知道，会有多少人在春天感冒

李波萝终于又感冒了。这场感冒是从大前天开始的，当然，一开始她并没有任何察觉。直到那天晚上，她在店里吃工作餐的时候，才第一次感受到从喉间传来的隐约又细致的疼痛。“咕噜”一声，李波萝强忍着难受吞咽下那口挂在嗓子眼里不上不下非常尴尬的面，下意识地拢了拢自己的衣领。

“这次又是怎么感冒的呢？”李波萝想。或许是上周喝的那杯星冰乐多加了两块冰，或许是某天上夜班的时候忘了带披风出门，又或许是身上的哪个毛孔过分舒展，纵容了几股热气逃窜。总之，李波萝又感冒了。

春天总是容易让人感冒的啊，不太冷又不太热，饱满温暖。太过美好的东西都像一场骗局，明晃晃的春光一照，人的戒备心瞬间就消散了。

人就是这样感冒的。

李波萝从店里出来的时候，已经晚上 10 点了。她在一家女装店上夜班，日常工作就是应付那些聒噪又急切的女人。这份工作让

李波萝掌握了一项很多男人梦寐以求的技能——如何让一个女人闭嘴。

只要投喂给她们大量的赞美。

“你可真漂亮啊。”

“这件衣服太适合你了。”

然后她们马上就会喜滋滋地闭嘴，买上一大堆衣服走掉。

有时候，表达出对一个人的喜爱恰恰是摆脱那个人最快速的方法。

赞美和爱都是武器，只是很多人不知道怎么使用它们罢了。

尽管顾客总是很令人讨厌，李波萝依旧很喜欢这份工作。当然，还要除去每天的工作餐都是泡胀的乌冬面和每天晚上都要坐一个小时的公车才能回到家。

不过最近倒是好多了，附近新开了一条地铁线，回家的时间缩减了一大半。确切来讲，这是一条在地面上运行的地铁，大家给它取了一个新名字，叫作“地上轻轨”。但是李波萝还是喜欢叫它“地铁”，她总是不太喜欢过于复杂的东西。

我们都是遥远星星的尘埃

如果没有碰到林寒的话，李波萝觉得自己这辈子都不会知道，原来地铁是有司机的。在这之前，李波萝一直以为地铁是自动运行的，像小时候玩的电动小汽车一样，只要你拉动装在车屁股上的发条，它就会屁颠屁颠自动沿着轨道向前奔跑。

二十五岁的李波萝，第一次走进地铁的第一节车厢，看到了那个端坐在地铁仪表盘前的司机，觉得自己像是突然窥伺到了一个被忽略了好久的秘密。

“怎么才能开动一辆地铁呢?”

“只要按下这个按钮就好了。”

“那真是世界上最简单的工作呢。”

“对啊，就是因为太简单了，很多人才不愿意当地铁司机。”

夜班地铁司机，原来世界上还有这么孤独的职业。李波萝突然想起了站在店里的塑料模特，每天隔着玻璃橱窗看往来的人群，大概也是一样的孤独吧。

“那你怎么就不会感到厌倦呢?”

“因为我每天都可以看到我的星星。”

“嗯?”李波萝觉得自己的喉咙像秋天的树枝，又干又糙。声带互相摩擦，如同两张坚硬的砂纸，却让脱口而出的这个“嗯”意外有了种低沉不可闻的温柔。

“你看窗外那些楼里亮着的灯，像不像宇宙中的星星?”李波萝隔着车窗的玻璃向外望了一眼——列车穿行在一大片楼宇的阴影之间，黑夜覆盖世界，只有零落的光亮从楼里的公寓中漏出来，真的像星星一般，给人恍若置身宇宙的深重错觉。

“开车的时候，我会想象自己是个宇航员。我家从来都不关灯，这样我每天都能从车上看到它。它是我的星星，是只属于我一个人的星星。”

或许是林寒说话时的表情太过温柔，李波萝突然也好想变成谁的星星，或者是从星星上掉落的尘埃。

李波萝下车的时候，林寒突然向她递来一条围巾："你好像是感冒了吧？这个……你可以明天还给我。"

李波萝从林寒手中接过围巾，刚好撞上了林寒像遥远星辰般的眼睛。她感到一阵心悸，像是喝多了黑咖啡或是尿憋了太久。心脏酸涩，微微的麻意顺着神经跃动、蔓延，肾上腺素分泌加速，就像月光下漫涌的潮水，带着一点兴奋向她袭来。

"一定是我的感冒又加重了。"李波萝想。

列车门开，有夜风裹挟着丝丝凛冽之气迎面扑来。

春日的晚上，可真是暗藏杀机啊。

听说接吻可以治愈感冒

上个春天的时候，李波萝还在跟一个医生恋爱。

李波萝喜欢医生，喜欢穿着白大褂的医生，这种喜欢还要从她十二岁的时候说起。

那时候，她的胸部还不是毛茸茸的水蜜桃，而是一只没有完全熟透的菠萝，是菠萝表面的突起。顶端尖锐，气势汹汹。

也是因为一场感冒，一场诱发了心肌炎的重感冒，李波萝被妈妈带到医院做二十四小时的动态心率检查。这个检查要求她二十四小时都背着一个小小的黑色匣子，匣子连着好多根五颜六色交错的电线，每根电线上都长着同样五颜六色的贴纸，而那些贴纸呢，都要贴到她小小的还没发育完全的胸部上。

李波萝的胸部，小小的尚未发育完全的胸部，就这样暴露在了一个穿着白大褂的年轻男医生眼中。少女的身体在微妙的凝视下微微惊颤，虽然这是医院，一个所有性器的暴露都是如此光明磊落的地方，李波萝还是觉得一些原本只属于自己的隐秘瞬间被谁蚕食了，这种蚕食让她感到羞耻，也让她感到雀跃。直到后来，它们生长成了对医生这一群体秘而不宣的爱恋。

李波萝遇上何树也是因为感冒。去年春天的感冒一度严重到让她住院。何树是她的主治医生，但他又非常不像一个医生。

他对李波萝说："你知道吗，接吻可以治愈感冒。"

"哦？我只知道如果用酒吞服感冒药会让感冒好得更快。"

何树亲李波萝，丝毫不介意她的重感冒。他们交换因为发烧而热气腾腾的鼻息，交换唾液，交换病毒。后来，何树也感冒了，他们同病相怜，他们同病相恋，他们更爱对方了。

感冒引发生理性虚弱，往往会带来心理性的满足。

孱弱让人沉迷，孱弱让人深情，孱弱让我们比往日更爱对方，更爱自己。

当一个弱者，有时候也是很甜的。

李波萝觉得何树很可爱，他的身体跟他的白大褂一样整洁白净，脱光的时候像一颗茭白。下体像条光秃秃的小鲸鱼，有时候会喷水。

李波萝觉得何树很可爱，但如果他能够在每天查房的时候偷偷给自己喂一口冰激凌的话，会更可爱。

可惜他不会。

“你太胖了。”何树对她说。

李波萝是那种像云朵一样绵软的女人，胖得很通透。脱光衣服后，她的肚子微微凸起，像是一个能够沁出光点的月亮，很美。

可惜何树并不喜欢月亮，他觉得是多余的，甚至会让他想到每天挂在他头顶的手术灯，这就有点讨厌了。

“一个感冒的人怎么能吃这么多甜食呢？”

“如果你能瘦一点的话，我会更加爱你。”

没人在意你感冒这件事远比感冒本身恐怖得多

李波萝开始跟林寒出去约会。林寒是跟何树完全不一样的人。

他小心翼翼，体贴无比。

李波萝约他去酒吧喝酒，林寒居然想要为她点一杯热水。

“对不起先生，我们这里没有热水。”

李波萝很怕他下一秒就会对酒保说“那我能不能点一杯蜜炼川贝枇杷膏”。

李波萝抢在他之前开口：“你难道不知道用酒吞服感冒药，感冒会好得更快吗？”

可惜林寒并没有笑着一把抱过她，也没有亲她。

后来的每次见面，林寒都会带上一个装满热水的保温杯。

“你感冒了，多喝点热水吧。”林寒总是这样对她说。

李波萝接过林寒的水杯，接过他密不透风的关心。突然觉得有些重。

“你别总把我的感冒说得很严重，不然我很容易受影响的，感冒也是。它要是知道我们这么重视它，就更不愿意好了。”

但是林寒并没有听进去，他还是一厢情愿地煮热水，熬白粥。

感冒这件事，好像一定要配上热水、白米粥才显得像样。

没人告诉林寒，喝太多热水并没有什么用，除了让人在不断地上厕所中把原本也不怎么珍贵的生命成功浪费掉。

也没人告诉林寒，一大清早把还没睡够的人叫醒，体贴地端上一碗白粥的行为跟“把人弄哭，再温柔哄好”并没有什么不同。

一厢情愿的付出和没有界限的关爱，都是一种迫害。李波萝觉得有些窒息，她觉得自己被迫在念一首没有停顿的诗歌。

李波萝有些想念何树了，起码何树不会逼她喝白粥，因为他会说：“你都这么胖了，就少吃点碳水吧。”

李波萝至今都不明白何树为什么这么在意她的体型，毕竟她是他的女朋友，而不是别在他衬衫领口上的好看的胸针。

“我是为了你好啊，瘦一点，美一点，难道不好吗？”

“我爱你，所以才想要你变得更好一点。”

或许林寒和何树有一点是相同的。他们时常证明爱情，用那些与爱对立的东西。

我深深爱着你，才要深深地迫害你。

李波萝觉得特别没有意思，她又开始想念那个塑料模特了。它站在大大的落地玻璃橱窗前，有时身上套着花花绿绿的过季打折裙子，有时一丝不挂，把性器暴露在天光之下。只不过，不管什么时候，都是一言不发地，看着街上来来往往的男女，眼里露出一种隐秘的慈悲。这让李波萝想起小时候仰望过的站在神龛内的菩萨。

这个世界上并没有人死于感冒

“你的感冒怎么还没好呢？”当林寒第一万零一次向李波萝表达他的关切的时候，李波萝终于把围巾还给了他：“我的感冒是不会好了，但我对你已经不感冒了。”

李波萝记起了何树逼迫她减肥时的某个夜晚，她的肺正感冒着，胃里更是有一团火在烧，实在是顶不住抓心挠肺的饿，就跑去厨房偷东西吃。冰箱里只有高蛋白低脂的三文鱼，为了不吵醒何树，李波萝不敢开灯也不敢开吸油烟机，只是小心地煎完，然后坐在一片黑暗中小心地吃完。

“我这样的行为算不算偷腥呢？”李波萝被自己突然冒出来的奇怪想法吓了一跳，又觉得好好笑，在黑灯瞎火的厨房忍不住笑成一团。

但马上，笑声落到了地上，李波萝感到了一种更深重而持久的失落。她意识到，有时候，人类相爱并不是一切悲剧的源头，在一起才是。

现在她觉得自己和林寒也是一样，两个人离得太近的时候，反而是看不见对方，也看不见爱情的。他们在爱里，却总想着去注目更加遥远的东西，比如星星，比如塑料模特，比如自由，比如那些只属于一个人的东西。

李波萝觉得自己还是爱林寒的，特别是当他们不在一起的时候，他们都有各自的宇宙和星辰。

可现在李波萝不想再当林寒的星星了，她只想成为自己的星星。

“林寒，你知道吗，这个世界上并没有人死于感冒。”

当李波萝背对林寒，转身走进风中的时候，她似乎闻到了一丝清新的久违的玉兰花香。那缕香味钻进她拥堵的鼻尖，钻入她的肺，像是极其温柔的抚摸。

“我又能闻到气味了，可能我的感冒快痊愈了吧。”李波萝想。

果然感冒是死不了人的，就像失恋一样，也像心碎一样。

只是我们总喜欢在并不攸关生死的动荡里要死要活。

爱情总会回来的，就像感冒一样

秋天的时候，感冒又如期降临了。这次不关秋风的事，它舒朗开阔，它跟暗藏杀机的春风不一样，它是无辜的。

医生告诉李波萝，她被链球细菌感染了，所以才会不停地咳嗽。

李波萝辞了服装店的工作，正准备考一个营养师。是的，她准备继续把自己喂得胖点，是那种安静又健康的胖。

自从感冒后，李波萝总觉得自己像个充了太多气的气球，所以才要不停咳嗽，把气放掉一点，才不至于爆炸。可是，气却好像怎么都放不完。

拖着一个快咳烂的喉咙和一个怎么都放不完气的肺，李波萝还是要去社区图书馆抓紧时间准备考试，这种感觉确实不太好受。当然更不好受的是，当她坐在安静的阅览室里，一边要强忍住从瘙痒的喉咙中喷涌出来的气体，一边还要在每次实在没忍住咳出声后暗暗感到羞赧和抱歉。

“咯。”李波萝一个没忍住。

“咯。”李波萝居然听到了一声紧跟其后的回音。

“咯。”李波萝又一次没忍住。

“咯。”这次李波萝算是分辨出了这不是回音，而是有人跟着她一起在咳嗽。

偌大的阅览室里，就他们俩的咳嗽声此起彼伏，交相辉映。李波萝觉得有些尴尬，但更多的是好笑。她抬起头，寻找另外那阵咳嗽的声源。

刚巧就撞上了对方同时望向她的眼神，带着一点调皮的笑意，跟李波萝一样。

那天晚上，李波萝走出图书馆的时候，发现那个咳嗽的男孩子正在外面等她。

“喏，听说这个药对我们这样的咳嗽特别管用，我也刚开始吃，你可以试试。”

你看，再给人一个季节，还是依旧会感冒的。

再给人一个眼神，还是依旧会陷入爱里面的。

走在回家的路上，李波萝想，感冒再多次，自己还是无法拥有抵抗力，失恋也是。

你看，爱情总会回来的，就像感冒一样。

我和赵四喜的少女时代

我们年轻时信誓旦旦爱过的每个人啊，总以为这次一定能够了却生死，到头来也只是毫发无伤。

上个月，我跟赵四喜蹲在马路牙子边上抽烟放空，她向我展示她的新文身，一个栩栩如生的大幺鸡，文在右手肘的内侧。她表示，这个文身寓意着她的右手将化身黄金招财爪，以后想要啥牌抓啥牌，在麻将桌上呼风唤雨的日子恐怕是躲也躲不过的了。

我白了她一眼："啥时候把向我借的八百块文身钱还了先？"

赵四喜其人，并不爱吃用猪肉剁成的四喜丸子。"那她一定长得很像肉丸吧。""拜托，她都瘦得快脱离地心引力了，她要像丸子，那我就是狮子头。"

至于这个名字的由来，还要追溯到早些年的时候，赵四喜在麻将桌上频频失意，一气之下，她口出狂言："总有一天我要胡出一把大四喜！"于是就给自己揽了这么个听上去又荤又胖的艺名。

2015 这年，赵四喜二十，我二十一，我们喜结室友，住到了一起。就这样，我们毫无防备地撞进了彼此的少女时代。

1

二十几岁的时候，大家都有很多的想法，有人想周游世界，有人想当摇滚歌手，有人想谈一场轰轰烈烈的恋爱。如果你也是这么想的，那么大概你新闻联播看多了。

我跟赵四喜，两个三俗少女，没理想，没情怀，灵魂也没香气，我们只想过天天脸上敷十张面膜，养乐多想喝多少就喝多少，卫生巾都挑最贵的买的奢靡生活。我想，这相同高度的思想觉悟才是我们臭味相投最终住到一块儿去的最根本原因。

然而真实的生活却是，我们天天都为了几千块的房租奔波忙成狗，根本没有时间做面膜，也没时间喝养乐多。年初的时候，我们搬进了现在的这个家，除了地段不错之外其他都很错。公寓很旧很破，楼上楼下住的都是上了年纪的大爷大妈，楼梯的声控灯老是失灵，整幢楼的电路都是旧的，夏天开空调时连头发都不敢吹，刚搬进来的时候还能时不时看到蟑螂俏皮的身影。而我们为了省几百块的清洁费，自己抡着袖子打扫了整整两天，肥皂、洗洁精、威猛先生轮番上阵。记得那天打扫完之后，我跟赵四喜坐在地上放空了三小时，全程没说一句话。

那时候，我在一家广告公司实习，除了天天对着屏幕做一些烦琐的无用功之外，还身负快递签收员、外卖点单机等要职，每天早上为了能赶在最后一秒打到卡而在路上夺命狂奔，长期佩戴隐形眼镜导致眼睛总是周期性地发炎，每个月底领工资的时候总觉得自己在上演法治在线的某期节目——《追问，花季少女血泪打工背后是有怎样的故事？！》

当然，赵四喜也没好到哪里去。她比我小一级，除了每周要上三天课，应付数不清的工科制图作业之外，周末还要出去给人拍照挣外快，一有空就坐在电脑用 ps 对他人的长相进行二次创作，经常为了逃课花尽毕生才华编理由。

二十岁的生活跟我们想象的完全不一样，就像我们曾以为我们会每天坚持做饭，热爱葱蒜。但事实却是，我们只在搬新家那天呼朋引伴地开了一次伙，做完饭，拍照，发朋友圈，然后心满意足地将刚买的碗筷三件套放进了高高的橱柜。

2

但年轻的好处就在于，再无聊的生活也会悄悄藏着五颜六色各式各样的可能性，活着就是一场大冒险，明天什么样，谁都说不准。就在我们一度认为自己就这样步入了成人式的残酷人生时，生活还是会时不时让我们突然刮中 10 块 20 块的刮刮乐。

我们的小破公寓离衡山路很近，太阳一下山，这里就成了酒精饮料爱好者的天堂。天热起来的时候，我和赵四喜每周都会从百忙之中抽出时间去那里狩猎，我们就像两个刚开荤的三代贫农努力瞪大眼好奇地看着这些以前从未接触过的声色场所。

长大是一个解禁的过程，就像游戏里面的通关，你突然就能够解锁许多别的技能了，这种感觉是很奇妙的。解锁酒吧技能后我跟赵四喜几乎是绕着五原路、永福路、复兴中路走了不下五百遍。为了省钱，我们大多时候是在便利店买了酒然后坐在各个 Bar 门口的马路牙子上喝，一边喝一边看看路人，猜他们在说些什么。

有时候，看到长得特别帅的，我们的内心还是无法克制的。类似："你好，我在做一个公益活动，只要亲够一百个人，就能为非洲饥民捐出一亿元！现在还差最后一个，你一定愿意献出爱心的对不对？那么我就先替非洲小朋友谢谢你了！""我见到你就有种特别想发红包的冲动，拜托加个微信满足一下我的小小心愿好吗。"这种搭讪方式我们想了不下一百种。但一到真枪实弹上战场的时候我们比谁都㞞，所以没办法，我们只好继续抡着瓶子在路边喝大酒，但内心还是很炙热的，炙热地等待着一场爱情的到来，就算爱情这东西有时候比"饿了么"上面点的大娘水饺还难等。

3

"法租界先生"出现的时候，我和赵四喜的生活刚有了一些转机。我因为在网上发了几篇小文章写了点三流段子，攒了那么几千个粉丝，当时自我感觉特别好，几千个粉丝，那是什么概念啊，觉得每人给我一块钱我都能在上海买房了呢。更何况，我坚信还有一百万个我的爱慕者因为不好意思而悄悄关注着我。至于赵四喜，因为照片拍得比较有风格不小心上了一些年轻潮流杂志，也算小有名气。一次我跟赵四喜在酒吧门口照常猎艳的时候她拍了一个拿长柄伞的男人，后来那张照片被登在一本还蛮有名的杂志上，巧的是刚好被那个男人看到了，他们就这么认识了。"法租界先生"的真名跟香港一个很老派的男演员一样，因为他的工作室在原法租界的一栋别墅里，私下里我们就一直叫他"法租界先生"。

这是赵四喜二十岁这一年里唯一的一段桃花，但也只是普普通通的每个年轻人都会有的桃花。热恋的时候经常爱得痛了痛得哭了哭得累了日记本里页页执着，平均每天打两个小时电话发五百条微信，洗澡的时候都恨不得把手机叼进浴室。但是坏就坏在这段感情大多数时候都是赵四喜独自一厢情愿，但她不管啊，还觉得你不仅什么都好，而且还爱我，真是牛逼极了。

我虽然看得清清楚楚，但从来没泼过她冷水，就连赵四喜嚷着要搬出去跟“法租界先生”住的时候，我也没拦着，Life is short，play more 嘛，我最后的温柔就是祝她月月都来大姨妈。

当然，半个月后，赵四喜还是哭哭啼啼大包小包回来了。

直到现在我还时不时会把热恋时赵四喜发我的那些微信大声读出来恶心她：“大钱，你知道吗，今天他发了一张偷拍我在沙发上整理手提包的照片唉！”“大钱，今天等红灯去对面便利店买寿司的时候他给我发了 jamc 的《my girl》唉！”这个时候，赵四喜就会捂着耳朵恶狠狠地瞪我一眼。

这就是二十岁的爱情啊，像每个夏天会来的台风。台风来前，人心惶惶地升级各色预警，可当它真正过境，却也只是随便涝了一地。我们年轻时信誓旦旦爱过的每个人啊，总以为这次一定能够了却生死，到头来也只是毫发无伤而已。

4

赵四喜谈恋爱的这段时间我的生活也经历了一些特别大的变化。因为不堪压力，我离开了原先那家广告公司，怀着村干部进城开全国代表大会的激动心情，我进了家互联网创业公司，但却发现根本无甚差别。在对这个行业彻底失望的时候，接受了妈妈的意见，决定出国换个专业读研。

有天晚上，我在通宵赶各种乱七八糟的申请材料的时候，突然想到了三个非常严肃的问题：“我出国花的这几十万块钱以后能不能挣回来啊？”“学的新专业真的适合我吗？”以及“万一被国外的王子看上了那我还要不要回来呢？”好吧，我承认最后一个问题是我瞎编的。但前面两个问题却实实在在把我撂倒了，我陷入了二十一岁恐慌症中，觉得自己突然毫无准备地被推到了世界的中间，一下子，不管好的坏的，所有东西都一股脑儿塞到了我的手里。感觉自己就像个平时不好好学习的小学生，突然得知有一场突击考试，一下子就蒙逼了，只好大声喊一句：“这题超纲了吧！”

我越想越恐慌，就跑去把赵四喜从被窝里拽出来。“你觉得你二十岁的生活是怎么样的？”

赵四喜把她的手臂在我眼前晃了晃：“就跟我手臂上的这文身一样吧，看上去生动艳丽，嚣张跋扈，却没人知道为了躲过妈妈的视线，它必须小心翼翼地窝在隐秘的胳肢窝的旁边，当然，它还暗含着一个更形象的隐喻，‘纵使文了幺鸡，你也永远成不了妖姬’。”

“能不能好好说话！”

赵四喜沉默了一会儿，突然看着我很认真地说：“大钱，其实我跟法租界分手时最让我印象深刻的瞬间跟他本人并没有什么关系，那时我从他家搬出来，一个人坐地铁，提着好几个大包，地铁在每个站点大概停33秒，我没提前准备，地铁都停了的时候我才急急忙忙整理行李，屏蔽门开始‘嘟嘟’叫的时候，我还在抓大包小包，好不容易都拿上了，冲到门边的时候，门已经开始合拢了，喉咙里刚要叫出的那个‘啊’在出口时也只是变成了轻轻一声‘唉’。当时我真的很沮丧，但我一想到你在家里等我，我还是给自己打了打气，又重新折回去坐地铁。我想这可能就是我的二十岁吧，充斥着数不清的慌乱和尴尬，但我心里明白，最终我还是能够到达自己想去的地方的。”

虽然赵四喜平时都老不正经，但在这一瞬间，我承认我很爱她。

5

好了，说到这里你们大概也知道了，我们的少女时代，并没有那么好，甚至有一点糟，但它跟你们每个人的少女时代都一样。时不时有亟待解决的考试，每周都为夜生活的行头而发愁，没钱是常态，什么都想吃但又什么都不敢吃，笑起来像一辆柴油没加满的拖拉机，床单上总会有不小心蹭到的月经，迷信虚头巴脑的星座运势，发很多朋友圈然后不定时又把它们都删光，流过一些普普通通谁都有的眼泪，遭遇过几场普普通通谁都会碰到的爱情，对不喜欢的人非常残酷，对不喜欢的事情非常刻薄，但也会被一些亲密的关系打败。

可无论怎样，我们心里都明白，这些好的坏的，全是属于我们生命最鲜活的见证。只有经历过那么多碰撞与泥泞，我们才能更好地和自己相处。如果可以的话，我希望我的少女时代永远不要过去；如果不可以，那我就跟它好好握个手，然后在下一个分镜中转身走向更好的成年人生。

ONE book

监　　制：韩　寒
策 划 人：戚开源
出版统筹：戚开源　朱华怡
编　　辑：朱华怡
特约编辑：金子琪
策划推广：金怡玉玲　纪文超　韩　培
特约发行：王　鑫
特约印制：张春笛
封面设计：雾　室
版式设计：欧阳颖

官方网站：wufazhuce.com
官方微博：@一个App工作室　@一个图书　@亭林镇工作室

图书在版编目（CIP）数据

少吃点，毕竟那又不是爱 / 花大钱著 . -- 成都：
四川文艺出版社，2017.9
ISBN 978-7-5411-4787-6

Ⅰ . ①少… Ⅱ . ①花… Ⅲ . ①短篇小说－小说集－中
国－当代 Ⅳ . ① I247.7

中国版本图书馆 CIP 数据核字（2017）第 221049 号

SHAO CHI DIAN BI JING NA YOU BU SHI AI
少吃点，毕竟那又不是爱
花大钱　著

责任编辑　彭　炜
责任校对　汪　平
装帧设计　雾　室
出版发行　四川文艺出版社（成都市槐树街2号）
网　　址　www.scwys.com
电　　话　028-86259287（发行部）　028-86259303（编辑部）
传　　真　028-86259306
邮购地址　成都市槐树街2号四川文艺出版社邮购部 610031
印　　刷　北京鹏润伟业印刷有限公司
成品尺寸　145mm×210mm　　1/32
印　　张　7.75　　字　　数　160千
版　　次　2017 年10月第一版　　印　　次　2017年10月第一次印刷
书　　号　ISBN 978-7-5411-4787-6
定　　价　39.00元